生长

心盈/著

天津出版传媒集团

百花文艺出版社

图书在版编目（CIP）数据

生长 / 心盈著. -- 天津 ： 百花文艺出版社， 2025.
3. -- ISBN 978-7-5306-9058-1

Ⅰ． I267

中国国家版本馆 CIP 数据核字第 20252B2N23 号

生 长
SHENG ZHANG

心 盈 著

出 版 人：薛印胜

责任编辑：张 雪 **特约编辑：**王煜然

装帧设计：吴梦涵

出版发行：百花文艺出版社

地址：天津市和平区西康路 35 号 **邮编：**300051

电话传真：+86-22-23332651（发行部）

　　　　　+86-22-23332656（总编室）

　　　　　+86-22-23332478（邮购部）

网址：http://www.baihuawenyi.com

印刷：三河市华东印刷有限公司

开本：880 毫米×1230 毫米 1/32

字数：180 千字

印张：8.5

版次：2025 年 3 月第 1 版

印次：2025 年 3 月第 1 次印刷

定价：58.00 元

文学担当与作家自觉

刘建东

基层工作队、百岁剪纸老人、项目建设者、护鸟公益人士、人民教师、历史文化名人、乡村巾帼、朝气蓬勃的学生……十五篇作品,十五个团队或个人的故事,构成了心盈这部名为《生长》的作品集。

2017年4月1日,雄安新区在河北设立。这是河北的大事,也是国家大事。从这一天开始,三座曾经静悄悄"生长"的县城开始被全国乃至全世界关注。从规划设计到基础建设,从生态治理到产业发展,从科技创新到社会治理……八年间,在这片规划面积约1770平方公里的土地上,一座"未来之城"的样貌逐渐清晰起来,身躯逐渐茁壮起来。

雄安新区从破土而出到拔节生长的过程,是雄安人民生产生活方式和精神世界改变的过程,更是无数参与者和建设者不舍昼夜、奋力拼搏的过程。记录下这些过程,记录下为之付出心血和汗水的可敬可爱的人们,为历史和后人留下宝贵的精神财富,是我们义不容辞的使命和责任,而文学是最生动有力的方式。

翻阅历史长卷，文学始终滋养着这片丰厚的土地。元代学者刘因、明朝谏臣杨继盛、清初大儒孙奇逢等，都曾在这片土地上留下经典诗篇名句。中华人民共和国成立后，更是诞生了以孙犁为代表的当代文学重要流派——"荷花淀派"，形成了以芒克、林莽等为代表的"白洋淀诗群"，方含、多多、根子、刘绍棠、从维熙、韩映山、房树民、冉淮舟等一大批诗人和作家享誉全国，由此我们也看到了雄安新区这片土地上清晰的文脉传承。

河北作家一直有着关注社会现实的优良品质，河北文学也一直坚守着现实主义的文学传统。自雄安新区设立以来，河北作家便以积极主动的姿态，参与到雄安新区建设的进程之中。作家们用深情的笔墨书写雄安新区的变化，体现了河北作家的责任担当。雄安新区设立以来，河北省作家协会邀请国内文学名家大家和省内作家持续关注雄安，深入雄安，书写雄安，产生了一大批在全国叫得响、传得开的优秀作品，这些饱含深情的文字，都将成为丰富雄安文化最生动的注脚。我们还积极争取，使中国作家"深入生活，扎根人民"新时代文学实践点落户雄安，为雄安建设提供了强有力的文学支撑。

心盈是雄安本土成长起来的作家，也是我省青年作家的优秀代表。她生在雄安，长在雄安；她爱雄安，写雄安。她一直在用手中的笔记录着雄安新区日新月异的变化，书写着无数参与雄安新区建设的个人和群体。她的很多作品，都与她脚下的这片土地有着直接的关系，它们来自日常生活，更来自心灵与土地、人民互通的默契。我在她身上看到了河北作家的文学自觉，也看到了一个日新月异的雄安对于作家成长更为深刻的影响。

翻阅这部名为《生长》的作品集，不难看出心盈作为优秀作家的潜质以及她文学的血脉中涌动着的激情，更不难看出她对家乡的热恋和深情。文学的规律告诉我们，只有虔诚地做人民的学生，真诚地走进人民生活，真正与人民交心、交情，才能获得宝贵的创作素材。这部作品集中的十五篇作品，说明了心盈是真正深入到了生活中去、走进了人民中间。在对她的作品集顺利出版表示祝贺的同时，我也相信，一定会有更多人通过这些作品，了解到一个文学的、现实的、更加可亲可敬的雄安。

心盈的文字朴实、真挚、细腻，她善于在生活的土壤中挖掘丰盈的果实，在时间的河流中采撷闪光的瞬间，用生动的细节打动人、诗意的语言吸引人，将生活真实赋予了文学的独特魅力。阅读书稿的过程中，我能在字里行间感受到她对文学的执着与热爱，更能感受到雄安建设者的艰辛、拼搏、坚持和奉献。唐代著名诗人白居易曾经说过，"文章合为时而著"。何谓"为时而著"？对于作家来说，就是要求自己时刻保持对时代的关注，对现实社会的关切。从心盈的作品中能够看出，她对文学操守的默默坚持。她将作品中的人物置放在燕赵大地，将事件融入国家现代化建设进程，作品内容与时代发展同频共振，作家的责任与担当使文学插上了飞翔的翅膀。

诚如作品集的名字一样，雄安新区在"生长"，雄安新区的城市在"生长"，乡村在"生长"，环境在"生长"，人民在"生长",属于雄安新区的文学同样在"生长",作为青年作家的心盈也在不断"生长"。谨此，希望她继续坚守一颗朴素的文学之心，继续关注雄安，书写雄安，创作出更多优秀作品。

是为序。

（作者为河北省作家协会主席）

目 录
CONTENTS

雄安摆渡人

很多人是在《新闻联播》里看到这个消息的。"千年大计，国家大事"这样重有千钧的字眼如一朵突然爆响的烟花，炸开五彩缤纷的强光。2017年4月1日，河北雄安新区的诞生如此盛大而恢宏，家乡人深深记住了它的生日，记住了那些欢呼与鞭炮声中对于一个新生命的期盼与憧憬。

一

人们蓦然发现，其实早在4月1日雄安的生日之前半个月，雄县、容城、安新三县村庄就已经纷纷迎来热情的队伍——管控工作组。工作人员都是三县的基层工作者，他们大多来自村庄，在村庄里长大，村庄里有他们的七大姑八大姨，有他们从小玩的泥巴和木头枪。他们走街串巷，摸排村庄与村民的情况；他们到各家各户串门，访贫问苦。他们此行，有个艰巨的任务，要求所有的村民"不增一砖一瓦"。

最初，翻盖新房子的村民懵懵懂懂。待到雄安新区正式设立，翻腾起历史和时代的巨大浪花之际，各种各样的猜测和消息霎时卷起千堆雪，其中最汹涌的浪花就是房子。

管控之前，容城县刘合庄村的老刘拿出全部积蓄，正在翻盖自家破旧的房屋。他将年迈的父母送到同村本家亲戚那里借住，在卖菜的三马车上搭个帐篷，和媳妇、儿子天天挤在三马车里过夜，盼着新房子盖好赶紧搬进去，也好给儿子说个媳妇。如今家里房子不让盖，住什么？拆迁的时候不给安置房怎么办？焦虑的老刘夜里开始偷偷盖房子。

面对这样的情况，工作组也犯了难：老刘又不想占国家的便宜，人家这是刚需啊！可现在规定不增一砖一瓦，为避免千里之堤溃于蚁穴，一刀切是必须的。工作组组长老张是位老党员，他首先找到村委会，了解谁家有闲置房子，协调低价租给老刘。其次解决租金问题，老张率先表态自己捐助一部分，工作组组员也纷纷掏腰包，凑齐了一年的租房费用。村委会委员见状纷纷表示如果继续管控，接下来的租房费用村里帮助解决一部分。

黄昏时分，村庄里飘荡着缕缕饭菜的香味，老张跟老刘坐在三马车里促膝长谈："想想这么多年，没有共产党怎么能过上如今这吃穿不愁的日子？所以呀，你把心放到肚子里，将来村子拆迁，肯定不会让你没房子住的！如今咱这地方可是雄安新区了，咱也就暂时需要克服点困难，以后肯定是样样都好，还愁儿子娶媳妇？不定多少人都想着嫁进来呢！以后缺什么短什么尽管跟我提，我尽量给你想办法解决！"老张面容黝黑，长期下基层与村民在田间地头攀谈，比农民还像农民。一番掏心掏肺的话讲下来，善良实在的老刘心里热乎乎的，马上表态："那你们把这几层砖拆了吧！我保证不再盖了！"

像老刘这样的人家，有个专有名词，叫"在建停工户"。加上雄安新区设立后被托管的周边乡镇，雄安三县共有640个村庄，每个村都有不止一家在建停工户。管控工作组的工作人员看在眼里，疼在心里。这些工作人员大多是被村庄奶大的孩子，谁不知道房子对乡亲们的重要性？有些工作人员的父辈就是某个村庄的在建停工户，"感同身受"四个字在他们眼前不是字，一笔一画都是父老乡亲脸上一条条纵横的皱纹，是头上一根根耸立的白发。他们蹲在或刚刚夯实了地基或盖了一半或已经全部盖好就差安装门窗的房子前，递一支烟给户主，张嘴就是浓浓的乡音："我说，叔，我也盼着咱这房子能盖起来……"话匣子打开，说说老人，说说孩子，说说种地、挣钱，说说这几十年的不容易，七拐八绕，再说说新区。"高端智慧、水城共融"从他们嘴里说出来，大都是这样的内容："以后咱们这里呀，就是大城市了，咱都住进漂亮的楼房，谁也不能看不起咱土老包子了。到处是树，是花，是小桥流水，咱也过过城里人的生活，没事儿逛逛公园，哄哄孙子。大医院、大学都要建，看病不发愁了，孩子们上学不发愁了，也不用去外地打工了，大公司大企业遍地都是，好日子在后头呢！"

看着管控工作组的工作人员们奔波劳碌的身影，乡亲们咬着牙克服各种各样的困难，用日复一日的坚定不增一砖一瓦。雄安的管控局面稳定了。管控工作组的名字迅速成为历史，他们继续留在村庄为村民服务，名字叫驻村工作组。

二

时间很快由春暖花开来到了盛夏，驻村工作组华丽变身为"草帽哥"。他们个个头戴草帽，俯下身子，帮助村民收小麦、种玉米。这些从冬暖夏凉的办公室里走出来的工作人员，大多都是土生土长的本地人，但多年的伏案工作让他们的手不再粗糙，从笔杆子又到锄把子，再拾起农活儿，还是很快晒伤了脸，磨破了手。又苦又累，挥汗如雨，他们想的是，雄安新区的设立使得父老乡亲们就要离开这祖祖辈辈生活的村庄了，这些土地都是他们的命根子啊！比起乡亲们壮士断腕般的痛，这点苦和累又算得了什么呢？他们不仅行走在田间地头，还深入到困难群众家中，问民情、解民意、助民困，被老百姓亲切地称为"暖心草帽哥"。

2018 年，又一个盛夏到来，"草帽哥"的身影活跃在田间地头之际，作为新区设立时第一批驻村工作人员，容城县政法委的大阴在东庄村驻村已经一年多了。东庄村村东连通安新引线的水泥路因负载过重加之天气炎热，路面拱起了几处。其中一处特别严重，已经影响了人们正常通过，汽车甚至电动三轮都要托底。大阴手抢一把大锤，一块一块敲掉了拱起的犄犄角角，让车辆得以顺利通过。烈日炙烤下，他脸上的汗珠滴滴滚落。这一幕被东庄村人用手机随手拍下，发到微信群里，无数人热情点赞。

提到这件事，大阴不好意思地说："眼看村民通行苦不堪言，怎能无动于衷呢？我也没干啥大事，只不过和村干部借了一把锤子，出了点力气而已。"

在这四百多个日日夜夜里，大阴认识村里的每一条胡同，熟悉村里的每一户人家，叫得上村里每一个人的名字。所有的村民，无论老少，都装在他的心里，他与东庄村干部群众真正成了没有血缘的一家人。

村里贫困户老李的女儿小李自幼丧母，与父亲相依为命，这一年高考，被北方学院录取。大阴争取了单位的助学款，随后又联系了统战部门针对贫困户子女应届大学生的帮扶基金。他详细咨询，帮助小李打印填写审核表，完善资料，联系签章……直至顺利通过初审。长期多次的交流、牵挂和救助，使得小李对大阴像对家人般亲切和信赖，她感激的眼神让大阴觉得能够帮助一个孩子的梦想如花绽放，自己的努力也有了芬芳的价值。

走访困难户时，大阴发现李某某的小儿子患有先天性唇腭裂。经与村干部沟通，得知他的二儿子也是这种病，前几年做过缝合手术。小儿子出生后又患有这种病，因家庭困难，李某某不愿再给孩子治疗。

每每看见这孩子，大阴心里都很不是滋味。他多次找到李某某做思想工作："孩子长大后会对自己的外貌越来越在意，甚至成年以后心理极有可能发生扭曲，严重影响他的人生。而且随着年龄增长，以后即使想做手术也会更加困难。如今大家一起想办法，怎么也要给孩子做手术。"经过大阴的一次次劝说，李某某终于想通了。

大阴通过亲朋好友以及卫生系统、红十字会、残联等各级单位，打听遍了也没有确切的免费救治唇腭裂项目，只有寄希望于久有耳闻的嫣然天使基金。后来得知，计生协线上有资助贫困人口救治唇腭裂的名额，但费尽心思报名，却在漫长的等待过后落空了。由于战线拉得长，希望又渺茫，李某某的心气儿小了。坎坷曲折的求助之路，让大阴常常彻夜难眠。正值上级安排科局单位对口帮扶贫困户，帮扶李某某的领导同样古道热肠，经过一起沟通和互相鼓劲，终于联系上北京嫣然天使基金，得到确切的申请方式。之后，大阴替没什么文化的李某某下载并填写好申请表，整理了申请手术所需的繁杂资料，办妥了所有手续，最终顺利通过嫣然天使基金方面的审核，孩子的救助项目手术档案转到手术医院。大阴说，真心盼望孩子变得英俊和自信！

七十余岁的村民老阴独自生活。有次大雨之后大阴去他家探望，进门发现老人在黑咕隆咚的屋里准备晚饭。老人孑然一身，系着围裙立在锅台前，桌上放着一小盆糁子粥，香气四散。窗外仍然雨声沥沥，杨树叶子在雨里哗啦啦作响。一个普通的乡村黄昏，一个普通的乡村老人，此时此景，让一个普通的驻村干部感慨良多，五味杂陈。细心的大阴有一次发现老人在看月份牌上的小常识，隔三岔五，他就去坐一下，给老人带去两本书。

天天在村里泡着，村民们朴实憨厚的面容印在大阴的脑海里，甚至在难得的假日里，他都总是走顺腿无意识地走到村里，自然而随意地和遇见的每一个熟人打招呼："黑子哥！""司令叔，有空该坐坐了！"……

统计全村坟墓工作的时候，在两天时间里大阴跟着村干部踏遍了东庄村的每一块田每一家的坟地。疲乏之余，他好像认识了东庄村立村石碑记载的漫长岁月，那326年以来祖祖辈辈的每一个人。从那时起，他就把自己当成一个东庄人了。他珍惜在这里的每一天，每个村民。

东庄村村委会的房屋老旧，驻村工作组就住在这里。大阴自己动手开辟了两个小小的花圃，跟村民讨来一包花籽，播撒下去，很快百花齐放，给这个院落增添了一片生机。

多少次雨中，大阴和其他驻村工作组工作人员一起查看贫困户住房情况。他手拎装满砖头的水桶，登上梯子，爬上房顶，为一些漏雨的房屋铺盖雨布，压上砖头。每次雨后，每家贫困户的情况他都心里有数。窗外暴雨如注时，最担心的那一两家，他马上去看，趴在墙头看一眼，喊一声，听听他们的应答，就放心了。他说不能让行动不便的老年病人踩着泥水来开门，那样于心不忍，看到他们平平安安就好。

一路走来，大阴是无数驻村工作人员的一个缩影。每个驻村工作人员都有着数不清的故事，这些细小却入心的感人故事正在一笔一笔为雄安描绘更加美丽的画卷。

三

2019年9月10日，雄安新区召开征迁动员大会，雄县关李马浒村、佐各庄村，容城县河西村、龚庄村，安新县小王营村、西阳村，三县六个首批重点村征迁安置工作进入倒计时。

这些村庄的"草帽哥"帮助农户忙完了麦收，刚刚摘下那一顶顶大大的草帽，就穿起了征迁工作的红马甲，驻村工作组改名叫征迁工作组，化身"帮大哥""搬家队"。

刻不容缓的时间节点，千头万绪的征迁工作，工作队员从年轻小伙儿到早过知天命之年的大叔们都是铁打的汉子，柔弱的女性也都练成了巾帼英雄，个个是"拼命三郎"。在没日没夜繁重的工作面前，不能定时吃饭，不能按时睡觉，脚磨出了泡、腿疼得打不了弯、眼睛熬红了、嗓子冒烟了……很多人带病坚持工作成为常态。

2019年3月，容城县农业农村局的老郭就已经在龚庄村驻村了，逐户摸排、测评、统计。9月10日征迁动员大会刚刚开过，他马上动员腾退、联系租房、签字搬迁……200多个日日夜夜，每天超负荷工作，有时还要通宵，年轻人都难以承受，何况老郭已经50多岁，2015年做过一次心脏支架，一直随身带着急救药，身体不适时就含上一片顶一顶。出院时医生再三叮嘱他要静养，绝对不可操劳，但他一投入工作，就完全忘记了自己是个病人。同事们都替他捏把汗，嘱咐他一定要悠着点："可别回不来了！"妻子更是忧心忡忡，担心他的身体吃不消，累出个好歹来。他却轻松地说，自己在农村工作几十年，天天和老乡打交道，有基层工作经验，他不去谁去。

老郭有三个法宝：耐心细致把国家政策宣传到位，把群众思想工作做到位，把群众每笔账算到位。他说，只要把群众的事当成自家的事，工作就能顺利开展。

村里邢家兄弟俩多年来一直有隔阂，此次征迁两家宅基地存在纠纷，更是闹得水火不容。老郭一趟又一趟往兄弟俩家里跑，白天见不到人就夜里去，劝了又劝："抓起把灰比土热。一个娘肠子爬的，怎么说情比钱亲吧？"看着老郭嘴角起泡、嗓子沙哑，最终兄弟俩握手言和，对老郭特别感激。

　　老郭调侃道："你知道'早睡早起'作何解释吗？就是早上睡，早上起，有时两三点钟才躺下，五六点钟就得起来开始新的工作。"许多个日夜他都是这么熬过来的，天天风里来雨里去，他用脚步丈量着村里每一条街道，每一户人家。他晒黑了，累瘦了，有时实在走不动了，就借辆自行车，骑上接着入户。随着龚庄村最后一份腾退协议签订完成，老郭满是疲惫的脸上露出一丝会心的微笑。

　　首批重点村征迁安置工作圆满完成，很快第二批、第三批……接踵而来。哪个村里都有不舍家园说什么也不肯搬的乡亲，有对赔偿方案不满意的村民，有县乡村各部门无法界定的责任，有历史遗留问题导致的家庭纠纷，有争夺父母亲耕地赔偿款的亲兄弟……面对各种各样错综复杂的问题，征迁工作队员们没日没夜攻坚克难，苦口婆心，不厌其烦，换得的是村民们陆续签字搬家。他们又协同村委会找好免费来给搬家的志愿者，帮忙把东西搬车上，又帮忙搬去租的房子，让群众省力省心。

2020 年 11 月 18 日早上，冬雨来袭，气温骤降。在西陈阳庄村的征迁指挥部里，两位头发花白的老太太找到年轻的驻村工作人员孙艳红，一边不断道谢，一边非要往孙艳红手里塞钱。原来 17 日傍晚，孙艳红偶遇两位老人在路边唠嗑，发愁买不到感冒药，就赶紧从县城给她们买来，并坚决不收钱。

面对老两口舍不得自己养的鸡这样细微的事，征迁工作队员把老两口接到自家地里——这里养了几十只鸡、大鹅。"大妈，您的鸡我买了，和我的这些鸡放在一起！"这下，老两口终于放了心："这家我们搬！可这鸡一定不要宰，不要卖！""好，好！"俩老人看着多日来如同亲人一样的小伙子，心里热乎乎的。

小到一袋盐、一颗糖，大到征迁户家里拆除下来的门窗、在建停工户的钢筋水泥和砖石，征迁工作队员们事无巨细，全部都帮助解决。上了岁数越来越感性的大爷大妈们，看见征迁队员每天到各家各户做工作，忙得脚不沾地，抽个空就拉着他们进屋喝口水："你们这些孩子 2017 年就来了，这几年也够累的，看着就心疼。你们放心，我们都会按时搬迁腾退，给雄安建设出力！"

征迁户们搬走了，工作队员也时刻牵挂着，尽量抽时间到租房的地方去看望。

夕照柔和绵长，照耀着征迁工作队员们坚实的脚步，也映射在他们的脸庞上，给他们镀上了一层金色的光芒。这些雄安基层工作人员，在征迁群众依依不舍的目光中，迎着夕阳归去，又将迎着明天的朝阳继续出发。

四

在容城县朱庄村一处老房子里，金金玉看到姜政就忍不住竖起大拇指："这是个好人。我还是得说，这真是个好人。他总是说，婶儿有什么事儿你就找我，你给我打个电话发个微信，我马上就到。哪用我老找他呀，什么事儿他都替我们想着。我可没少打扰他，他从来不嫌烦。为搬家的事儿，他一句话，婶儿你不用管了，我给你找个车。他们帮着搬东西，可受累了，比自己的活儿还上心呢。"

现年57岁的金金玉是南文村村民，姜政于2021年5月底被抽调为南文村回迁工作队员。金金玉的丈夫曹胜民今年已71岁，身体不好，常年坐轮椅，最近又患了脑血栓，失去语言表达能力。金金玉的小叔子曹胜田排行老二，今年69岁，一直单身，身体也不好，常年吃精神类药物。金金玉的儿子曹建新在外打工，补贴家用。平时，曹胜民、金金玉和曹胜田三口人住在一起。

姜政心疼这个特殊的家庭，自从接手回迁工作开始，就对这家人特别上心。南文村于2019年整体征迁，金金玉家就搬到了白沟租房住。2021年8月初，房租到期，因面临回迁，短期续租房东不同意，只好搬家。金金玉女儿远嫁，儿子在安徽打工，回不来。姜政说："孩子回不来，指谁呢？第一想到的肯定是政府。于公于私我都要帮他们。"

为帮助金金玉家从白沟搬到容城县朱庄村，姜政忙前忙后，处处妥善安排。8月9日，姜政雇了车。车500元，工人300元，一共800元钱，姜政当时就转给老板了。他说，我怎么都能省出这点钱，但是对这一家人来说，这点钱就很重要。他和回迁工作组组长刘新惠一起将家具一件件抬上车，到了朱庄村再一件件抬下来。路上堵车，下午近两点才到朱庄村，姜政安排司机去吃饭。金金玉看着姜政他们衣服都被汗水湿透了，塞给姜政200元钱，说你们也吃饭去吧。姜政心想，她这么困难，掏这钱不定心里多疼呢，忙说不用不用，见推脱不掉，走的时候又把钱从窗户给他们塞进去了。曹胜田感激地说："小姜帮忙搬家，感动得我掉眼泪。这真是党培养出来的好干部，是模范啊。一般人谁管这个呀。"

姜政家就在容城县的农村，见到回迁户的父老乡亲，他总是热情地跟他们打招呼，年纪大点的叫大伯，年轻点的叫叔。下乡回来，领导问他，今天有什么收获吗？姜政就笑说，又收获了一批叔叔大伯。

姜政共包回迁户18户，租住在不同的村和不同的小区，18户18个地方。最远的一户在定兴谭城。去定兴那次，下了一场特别大的雨。那户人家给发的位置偏离很严重。回迁工作组组长刘新惠和姜政一起去，导航导到目的地，是一个小野树林。下车之后，是一条小土路。两人走着进去，一边走一边打电话联系。走了好长一段路，才来到村里。雨后村里的砖路，长了很多青苔，湿滑难走，两人好几次差点滑倒。等他们好不容易找到那户人家，已经走了三公里多。回迁户看着两位远道而来的工作人员，眼睛都湿润了。

群众有不了解情况的、有困惑的、有意见的，有些问题都是一遍一遍说，包多少户，至少说多少遍。遇到不是自己包的户，人家问，也要详细解说。有些回迁户有问题有情绪都积压两年多了，回迁工作人员经常被人轰出来。即使如此，姜政也不嫌烦不嫌累，他说："老百姓反映的问题咱们得听进去，得去给他们解释。跟所有人都得解释一遍，你要是不解释，有些谣言就在百姓中间成真的了。"

几个月下来，姜政嗓子特别疼，嘴角周边、鼻子上，都起了大疙瘩。特别渴，还不敢多喝水。因为喝了水找不着厕所。自己带瓶水，省着喝，还怕喝完了——很多租房户所在的地方没有超市，也没有公厕。有时候打电话顺利，可以马上到租房户家中，每到一家，说两句话，赶紧借厕所。有时候不顺利，人家不接电话，跑好几个地方都白跑。好多人家敲门敲不开，得在外面打电话，人家让进去才进得去。为解决历史遗留问题，为顺利答疑解惑，为给回迁户排解情绪，姜政常常夜里两三点钟才回家。他说："我的嘴皮子都快说着火了。一直说一直说。不过现在好了，入过户之后，都熟了，只要真心为群众着想，就没有解决不了的问题。"

从管控工作组到驻村工作组，到征迁工作组，再到回迁工作组，雄安新区自设立以来，这些由基层工作人员组成的队伍一步步摆渡着雄安的村庄和群众，将村庄摆渡到雄安站、容东片区、雄安郊野公园、容西片区……将群众从农房摆渡到租住房，再从租住房摆渡到安置房。每一步都是夯实的脚印，没有节假日，没有下班的概念，他们在各自的岗位上默默付出，为雄安大规模建设做好了各项准备。从一张张美丽景观的蓝图，到生态文明观在雄安落地生根，雄安摆渡人前赴后继的脚印已经成为被奏响的乐章，在汗水与乡情的琴弦中升起更高昂的乐音。

风云剪

2022 年，农历壬寅虎年新春之际，正值北京冬奥会如火如荼地进行。在河北雄安新区容城县东小里村一处深深的小院内，三里五乡甚至从安新县赶来的客人们挤满了这座蓝砖的老房子，挤得小猫都只好跑到院里去眯着。

孙秀芹老人盘腿坐在炕上，一边和人们唠嗑，一边运剪如飞，一个个憨态可掬喜庆可爱的冰墩墩、雪容融剪纸像变魔术一样相继盛开在客人们手上。"哇！太漂亮了！""好喜欢！"男孩女孩们欢呼雀跃，爱不释手。"我也有冰墩墩、雪容融啦，赶紧发个朋友圈炫耀一下！"

看到自己的剪纸作品如此受欢迎，孙秀芹因缺牙而瘪下去的嘴笑得舒展开来，双眼明亮有神，满头的银发闪着细碎的光。她左手举着冰墩墩，右手举着雪容融，用容城方言自豪地说："这是吉祥物！我从电视上望见我就会铰！祝冬奥会中国得金牌！""奶奶真是太棒了！"小屋里响起一片惊叹和掌声。"奶奶，您今年多大了？"一个女孩好奇地问。"今年是虎年，我是属兔儿的。我还铰了好些个小老虎呢！鸡年我就铰鸡，狗年我就铰狗，兔年我就铰小兔子。"属兔，子鼠丑牛寅虎卯兔……几个姑娘掰着手指头开始算起来，95周岁！孙秀芹笑了："我虚岁97了！"原来老人生日小，按本地习俗要虚两岁。

　　和煦的阳光照耀着老人手上的剪纸作品，穿过剪纸的镂空缝隙，漫过历史的烟云，渐渐由明亮变得苍茫，落在容城县西小里村一处宽大的院落中。1927年，农历丁卯兔年，这处院落中的阳光透过兔子图案的剪纸窗花，在屋内投下斑驳的红色光影，轻轻抚摩着炕上睡得正香甜的一个小女婴。

　　刚刚来到世上的小女婴并不知道，这缕阳光，巡游了1927年的中国，它的翅膀，早已被无数风云浸泡得沧桑沉重，但总有一双看不见的手坚定地托举着它的每一片羽毛。这一年，是孙中山逝世两周年。4月12日，蒋介石在上海发动"四·一二反革命政变"，导致第一次国共合作公开破裂，之后在18日另立南京国民政府。4月27日，中国共产党第五次全国代表大会在武汉举行。9月9日，毛泽东领导秋收起义。10月，毛泽东在井冈山建立农村革命根据地，开始了土地革命。伴随着中国近代历史的朵朵浪花，小女婴的父亲和这个殷实的家庭也将被时代的河水拍打得起伏跌宕。

这个小女婴，正是孙秀芹。孙秀芹在这里出生长大，后来嫁入邻村东小里村。在她的记忆里，父亲在家的时候很少。听母亲说，父亲常年在外，只来得及在她出生后请了两天假回家看看，就又出门了。家人只知道，他曾是给孙中山先生做饭的。

在学会剪兔子窗花之前，孙秀芹首先学会的生肖窗花，是她出生后的第一个猪年所剪的小猪窗花。

1935年，农历乙亥猪年。孙秀芹八岁了。她的两个哥哥早已经长成了翩翩少年，姐姐也出落得亭亭玉立。每逢过年，两个哥哥就开始伏案忙碌，写半个村子的对联。剩下的红纸，大人们就剪个"囍"字，剪朵小花。这剪刀好神奇呀！孙秀芹搬个小板凳坐在旁边出神地看，也跟着剪来剪去。最初剪得很粗糙，四不像。写对联剩下的红纸有限，她心疼这些纸，就在地上先画草稿，手握剪刀比画，琢磨着怎样能剪得更像，更生动，然后再用纸实践，慢慢地什么都会剪了。

八岁，孙秀芹的剪纸技艺已经赶上母亲，剪出来的小猪窗花憨憨地贴在窗户上，人人见了都夸。她喜欢剪纸，喜欢用剪刀指点江山，让边角废料的纸在自己手中摇身一变，开出花来，跳出一只只小动物。看到乡亲们都夸她的剪纸，她就送给街坊四邻，让满村子都洋溢着喜庆。没有现成的教材，她看到什么就剪什么。家里种的花，养的小猫、小鸡、小狗……她剪出来都能模形象意，还能巧妙地以不同的线条展现花草不同的姿态，体现小动物不同的动作和表情。母亲常常在纳着鞋底的时候，被她晃在眼前的一只小猪吓一跳，继而笑眯眯地称赞她的手艺又进步了。

这一年，孙秀芹的父亲告假回家探望妻小。多年来一直跟官做饭的他在村民眼里很神秘。当他历经长途跋涉来到村里自家房屋前，并不知道村口处已经尾随而来几个反动派的身影。八岁的孙秀芹对只见过几面的父亲有一种畏惧和隔膜，她还是喜欢跟着母亲描描鞋样子，剪剪窗花。

父亲带着两个哥哥天天早出晚归，不知道在忙些什么。几天后，父亲又要出门了，全家人一直送到村外。父亲叮嘱了母亲几句，看了看孙秀芹和姐姐，伸手摸了摸两个哥哥的头，慈爱而又严肃地凝视着他们的眼睛，过了好一会儿，点点头，转身大步流星走出村子。

孙秀芹看着父亲的背影，那背影笔直坚定，透着一股她不明白从何而来的力量。她没想到，这竟是父亲留给她的最后形象。此后，父亲再也没能告假回家。那个大踏步奔向远方的充满力量的背影，成为孙秀芹人生中前进的标尺。在每一个动荡的人生节点，这标尺都在衡量着她的抉择。

1983年，癸亥猪年来临之际，孙秀芹早早剪好了小猪窗花贴在明亮的窗玻璃上。透过红彤彤的窗花，她望着村外的方向。在辽阔喜庆的大地上，改革开放以来的中国，处处都像种子发芽一样，每一户人家蓬勃生长的希望都正在拱破祖祖辈辈艰难耕耘的贫困土地。

　　孙秀芹为街坊四邻剪着窗花，想起八岁那一年，她也是剪好了小猪窗花，可父亲一去不回。再次得到父亲的消息，已是他在河南遇害。家人都瞒着幼小的孙秀芹。但她从日益紧张的气氛中影影绰绰猜出了什么。几年后，两个哥哥相继加入共产党，家里的房子被烧了两次，全家人躲到保定，她就完全明白了真相。曾给孙中山先生做饭的父亲，在先生逝世后，从未放弃过追逐先生的理想。她多想让父亲看一看，当年先生的愿望正在一点点实现。这一年的2月12日，癸亥猪年除夕，首届中央广播电视总台春节联欢晚会直播。村里的几台电视机前挤满了人，屋里挤不下，就从屋外往里看。这一年的春节，除了剪小猪，孙秀芹还剪了很多电视机，剪了好几个春晚节目画面，被蜂拥而至的孩子们一抢而空。

　　自此，央视每年除夕直播春晚成为惯例。村里的电视机越来越多，春晚的舞台越来越绚丽。几年后，家家都有了电视机，孙秀芹就不用再给孩子们剪电视机了，这一类型的剪纸作品成为岁月的陈迹。

在孙秀芹近百年的剪纸生涯中，十二生肖她剪过了一轮又一轮。说到最有意义的那一个，老人的双眼更加明亮了。她抬起手抿一抿耳边的银发，枯瘦的手指在面前一挥，阳光似乎为这双老去的手重新注入了饱满润泽的青春："那是我十八岁那年，我十八岁入的党！那一年，是个鸡年。我记得清清楚楚，过年的时候，我铰了很多鸡。那些鸡好像都能叫似的，鸡一叫天就亮了！果然，我入党之后不久，日本鬼子就投降了。嘿，巧了，前几年咱们这里成雄安新区了，也是个鸡年。"

父亲被反动派杀害之后，国内局势愈发动荡不安。村里过年都过得胆战心惊的，孙秀芹的剪刀常常被远处的几声枪响震落，家里的小猫都时刻支棱着耳朵。每次她都捡起来，继续剪。幼小的她隐隐约约感觉到，她剪的是窗花，也是祥和红火的生活的希望。无论枪声在哪里，她手中的剪刀在，写对联剩下的那些红纸在。人在，生活就在，土地就在，岁月就在。她剪了小猪之后，剪鼠，剪牛。1937 年，农历丁丑牛年，7 月 7 日夜，日军制造了"七七事变"，向卢沟桥一带的中国军队开火。中国守军第 29 军予以还击，长达八年的全面抗日战争开始。

那时候，距离容城、安新、雄县被设立为雄安新区还有丰赡的 80 年，这三个县还属于保定。保定是一片革命的红色热土。著名的保定红二师培养的大部分学生都走上了革命道路。

容城县东野桥村的周文俊在参加了红二师学潮之后，秘密加入了中国共产党，从事地下党组织的革命活动。1937年"七七事变"后，周文俊参加吕正操、孟庆山领导的抗日武装活动。后部队南下，他受党委派回到家乡开展革命工作。1945 年 1 月 5 日，因叛徒出卖，周文俊被几千余名日伪军围困。最后，他把手榴弹投向敌人，剩下最后一颗子弹，饮弹牺牲。日伪军不甘心，疯狂扫射他的尸体。入葬时，乡亲们含泪用面纸糊在枪眼上，给他挡住了满身窟窿。还有著名的狼牙山五壮士，其中有两个是容城的，胡德林和胡福才叔侄。这些革命烈士的故事，传遍了容城老家，激励着家乡人民。

在国仇家恨中长大的孙秀芹，手中的剪刀已经不会再被枪声震落了。她开始更多地剪红五星，剪红太阳。在她心里，父亲曾经讲述的孙中山先生是革命的领袖，先生死了，共产党就是最大的救星，是黑暗世界里的太阳。

在孙秀芹挥舞手中的剪刀剪生肖的一年又一年里，她的两个哥哥和一个姐姐相继与革命关联起来。早先，容城县白龙村有个大学堂。孙秀芹的大哥曾在白龙大学堂上学，也算得上是孙中山的学生。大学毕业后，他加入地下党组织，秘密进行革命活动。孙秀芹还记得，那一代人给刘少奇送公粮，送高粱米和小米。他们把盐藏在扁担里，扁担用竹竿做成，中间是空的。那时候孙秀芹还小，看到她从屋里出来，大哥就赶她："家去！别看，家去待着！"孙秀芹知道，大哥是怕她有危险，但她还是很好奇，也想给部队帮忙。大哥擅长画虎，什么样的虎都画得好，尤其猛虎下山，战友们看了都平添一股作战的勇气。小哥哥当时是团支书，毛笔字写得好，很多抗日宣传标语都出自他手。孙秀芹和姐姐也很能干，在村里出了名的心灵手巧。姐姐嫁给了一个八路军干部，长征去了，没能回来。

"那谁的哥哥，还有谁的兄弟，都跟着那拨队伍走了，都一去没回来。只活了一个，就是已经死了的大琴她大姨父。"记性很好的老人话匣子一打开，我就走进了祖国百年风云动荡的岁月，走进了雄安的红色历史。

我是在听说了冰墩墩、雪容融的剪纸盛况之后，和容城县东小里村的朋友一起去拜访老人的。说着话，老人将一个剪好的冰墩墩送给我："这是个吉祥物！冰墩墩，雪容融，电视里老演，我一望就会。"她手上的剪刀停下来，那双像年轻时一样明亮的眼睛蒙眬起来，看向遥远的岁月。"那时候，我家两瓮钱都捐出去了，给部队买枪。我是个党员，十八岁入党，我把一切都交给了党。我入党的时候张云和罗正武是介绍人，那时候刚解放，八路军都在我家住着。我现在虚岁九十七，周岁九十五，你说说我是多少年的老党员？"我算了算，这年头太长了，77年党龄！

外面门响，老人的女儿带着熬好的粥和炒好的菜过来看望，笑着跟我们说："我妈是个老党员！入党之前觉悟就高，抗战的时候给雁翎队、八路军做鞋，送鞋。伤员们穿上新鞋都感动得哭。"

雁翎队是抗日战争时期活跃在河北白洋淀地区的一支水上游击队，人称"水上飞将军"。白洋淀在安新县，毗邻容城县，为水上交通重要枢纽，府河和大清河上下贯穿，上通保定，下达天津。雁翎队利用白洋淀冰上水上交通优势，与敌人勇猛作战，威震敌胆，成为一支传奇的队伍。孙秀芹为雁翎队勇士们做的鞋，融进了自己的剪纸技艺，轻便美观，备受好评。

白洋淀水域辽阔，荷红苇绿，物产丰富，风景秀美，有"华北明珠"之誉。2017年，农历丁酉鸡年，河北雄安新区在容城、安新、雄县设立，构建水城共融的生态城市，白洋淀功不可没。伴随着乡亲们庆祝新区设立的鞭炮声，这一年，孙秀芹剪的小鸡窗花格外喜庆。

"以后我计划要铰莲花。"老人的思绪从抗战的烽烟中回

生 长

到雄安新区的美好前景，双眼又明亮活泼起来，闪耀着岁月沉淀的智慧光芒。"莲花是白洋淀的花。我还要铰双鹤。白洋淀好哇，那上面花好，鸟也好。你们看看我铰的这对鹤。"老人递来一张剪纸，我眼前一亮，只见两只鹤相依相偎，一只低头沉思，一只引颈远眺。细看只有一张纸，双鹤连在一起剪出，特别有立体感。

有着接天莲叶映日荷花美景的白洋淀，自古以来就是我国候鸟迁徙通道上重要的停歇地、繁殖地和越冬地。经济快速发展的那些年，白洋淀污染严重。雄安新区设立以来，致力于白洋淀生态环境治理。2021 年，淀区水质达到三类及以上标准，为近年来最好水平，进入全国良好湖泊行列。在白洋淀迁徙、越冬的鸟类数量越来越多，"华北明珠"重新闪亮，"鸟类天堂"再现雄安。截至 2022 年 2 月 2 日第 26 个世界湿地日，白洋淀水域共观测到约计 600 只国家二级保护鸟类灰鹤。

剪莲花与双鹤，剪冰墩墩与雪容融，孙秀芹老人的剪刀一直很年轻。现在很多地区剪纸技艺日臻繁复，画、刻、雕、染色……剪纸器具一溜排开，有几十种之多。老人则坚持着传统的手工模式，她的工具只有一把剪刀，是真正的"剪"纸。她的剪纸构思都源于身边的生活，更积淀了近百年风云动荡的人生智慧。沧桑岁月淘洗过后，沉下来的是宁静舒缓的节奏，朴拙祥和的气质。她的剪纸风格是乡土的，是烟火的，内容是父老乡亲们用心守护和建设的家园，原汁原味，简约喜庆。每年一进腊月，邻居们就说："年下给张画吧！"她就义务剪纸，每年要剪几百张各式各样的作品送给乡亲们。

早些年，孙秀芹年轻时，种地、卖花、做鞋、做衣服，会拆会剪会缝纫，望见什么会什么。她赶集去卖花，一小盆花一块两块的，一点点攒着，供孩子们读书。她卖的花，她都会剪，人们喜欢她卖的花，也喜欢她剪的花，但她从没有把剪纸用来卖钱。

"这辈子所有的剪纸都送人了。"老人的女儿说，"老给别人剪了。我说让我妈给我剪一对大金鱼，她剪的金鱼那大黑尾巴特别好，跟活的一样。从去年我就一直说，她老忙着给别人剪，一直都没给我剪呢。"

孙秀芹赶集卖花，总是要等到散集之后，来来回回走几遍，去拾一些旧挂历、包装盒等旧纸片，用来剪纸。改革开放后日子越来越好，母亲再捡旧纸片，女儿就不让，拼命去夺，嫌寒碜。老人说："捡个纸寒碜啥？我捡回来铰花。好好的纸扔掉多可惜，一折一铰，变废为宝。过年铰个鱼，年年有余，喜庆有余。都送人，不要钱。心眼儿好的活得才好，不坑人不害人，不给人添坏话，知道疼人，这就是修好呢。"

给我带路的朋友在一旁听得入了迷，墙角的小猫吃了个大饱肚，摇摇尾巴打起了呼噜。老人见我们爱听，谈兴更浓："过容城庙、小里庙，我看到有乞讨的，就让闺女拿钱给他们。我做鞋，看到有乞丐鞋破了，没鞋穿，就把自己新做的鞋给他们，让他们换上。家里做了杂面汤，看到有要饭的，都给人好几碗吃，让他们吃饱。我养鸡，鸡蛋也给那些要饭的吃。当年，就是因为对人好，我们一家才能活命。"

　　孙秀芹清楚地记得，她入党的前几年，八路军组织抗日，那些大洋马可威风了，咔咔咔走来走去。村里有人当日本人的伪保长，反革命，孙秀芹家里被烧了两次房。全家人先是躲在保定姑姑家住，姑姑是开鞋铺的，时间不长也被反革命盯上了，只好又回到容城。房子被烧了，就在街坊家挤一挤。街坊家儿子是个国民党的官儿，他说孙秀芹一家人跟他们不是一路人，不能住这儿。他爹就骂他："你说的那是什么呀？这是一家好人，最好的好人，我让他们住一辈子。"正是因为在街坊家被掩护，孙秀芹一家人才死里逃生。但是孙秀芹觉得也不能白住，那时候钱实，给了街坊家三百块钱。

　　现在孙秀芹年年剪纸都送给街坊两张，孩子们送来的营养品和水果吃不了，也都给街坊，相处得好着呢。"街坊都结记（方言，挂念之意）我，什么都结记我，有个风吹草动他们都结记我。"老人说，"什么叫有人缘没人缘呀，走得好就好，走得不好就不好。你看我这些年养小动物就伴，这些小动物特别懂事，都是缘分，什么也别害。这人哪，有本书讲得好，人之初，性本善。"我和朋友听得都震撼了："奶奶连这都知道！"老人的女儿在一旁解释："我妈识字，上过学，我妈的娘家有好资源。我姥爷当年在六国饭店工作，在我妈八岁那年被反动派杀害了。"

"不说过去啦。"老人的眼睛离开了那段烽火硝烟的岁月，看着小屋，看着我们，眼神明亮而柔和，透着满足、骄傲与喜悦。"一解放，我两个哥哥都去了北京。侄儿侄媳妇也都在北京，常回来看望，每次都给钱。儿女们孝顺，鱼呀、肉呀、水果呀，什么都给买，给准备我爱吃的肉馅饺子，儿子还经常过来给做面条。老了不给儿女们添麻烦，我就自己住着，谁家都不去。现在设立了雄安新区，生活更好啦！我还有两个外甥女是研究生，是党员，都在建设雄安，北京的领导们都跟她们在一起工作，一起吃饭。你打开那个柜子看看，那是前两年从北京给我运回来的。"老人指着炕下面的一个柜子说。

朋友按老人的指点找出一大摞剪纸作品。这些作品是将剪纸照片用特种纸印制的，配上说明："庆祖国七十华诞，雄安百岁老人剪纸"。不同于单个的小型剪纸，这几幅都是大型综合性作品。其中一幅上面有各种花草，展翅翱翔的鸟，摇头摆尾的金鱼，还有两只小小的青蛙，几十幅小型剪纸按一定比例、色彩、构图组合在一起，繁复绚丽，喜气洋洋。

我们一边翻看一边惊叹，老人笑得嘴都合不拢，还一个劲儿说："老了，不行了，以前剪得更好，更密实。这是个痛快事儿，贴上喜庆。"这些复杂的图案耗神费时，老人两天才能剪一张，剪了也都送人了。

说着话，老人拿出两张"百花争艳"剪纸，分送我和朋友。"哎呀，真是不好意思。"我和朋友受宠若惊，实在不好伸手，老人的女儿拿起来给我们放到门口炕上："给你们就拿着，要不也是给别人，不定什么时候才能给我剪两条大金鱼呢。"我们都被她这幸福的"嗔怨"逗笑了，只好将老人的心意珍重收起。

老人笑眯眯听着女儿跟我们说话。"我妈不是落后于时代的人，她用一把剪刀跟着社会走，现在又跟上了雄安的步子。自从设立了雄安新区，我们家来过很多采访的，天津、北京、石家庄、保定……还有国外媒体。我们都怕我妈累着，毕竟这个年纪了，都劝她别剪了。但是她剪了一辈子，喜欢了一辈子，放不下。后来我们想想，老了有个事儿干也好，图个高兴，就不拦她了。"

冬日天短，太阳已经西斜，阳光温柔得像老人的目光。我们从午后来访，不知不觉近两个小时了，墙角的小猫都睡醒一觉了。朋友打算跟老人告辞，老人似乎觉察到我们要走了，笑着用手点她："我知道你，你是广播员！在大队里要好好干，要当党员。"老人习惯把村委会叫成大队，把基层工作者叫成广播员，心里透亮。朋友听得激动不已："奶奶，你都知道我在大队里干呢？我也是想给村里做点事。我现在是预备党员啦！"

嘱咐完朋友，老人又转向我："你多大啦？""奶奶，我四十五岁了！""合着你早结婚了？""是啊，我儿子都上大学了！""上学好，告诉孩子上学的时候就入党，毕业好好工作。现在是雄安新区了，日子越来越好，孩子们都上进。我的孙子孙女上学的时候就都入党了！"我握着老人攥了一辈子剪刀的手，轻抚上面的老茧，用力点头："好，好的，奶奶。"

幸福一座城

　　这就是青纱帐？站在一大片玉米地前，那蓬蓬勃勃的绿让武芳芳的心都醉了。

　　但很快，她就笑不出来了。立秋后，秋老虎正凶，长长的玉米叶经经纬纬交织在一起，密不透风，酷热难耐。看起来弯弯的柔柔的玉米叶，每一片都像捍卫领地的锋利宝剑。往里面一走，脸上、脖子上、手上、胳膊上、腿上……凡是没有衣物抵御的地方，血印子都一道一道的。汗水淌下来，又痛又痒。玉米棒正在抽丝绽蕊，花粉落到头发上，粘在皮肤上，更加剧了这种刺痒。

　　几个村民看着这位邻家女孩一样的年轻姑娘，掩不住心中的担忧，七嘴八舌议论着："武总，我这棒子种得晚，先不要推我家的地啊，棒子还要过些天才能掰。""武总，我这地头分得不对付。""武总，我都来好几趟了，我这块地今天能丈量好吗？"

武芳芳咬咬牙，顾不得手上又是土又是花粉，将快要流进眼睛里的汗水一把抹去："大伯大妈，你们放心，今天我就是不吃饭不睡觉，也要给你们几家把地丈量清楚了！"

这是 2019 年 8 月，雄安刚刚两岁多，经过了前期缜密规划，大规模建设即将拉开序幕。

1984 年出生的武芳芳，此前在河北正定工作多年，是一位资深园林人。出色的工作成绩、成熟的工作经验、事业单位优越的工作环境，让她的生活岁月静好。这一年，她正和爱人计划着要个宝宝，做一位幸福的母亲，雄安新区第一座大型综合公园——悦容公园向她发出了召唤。

水城共融的雄安，将镶嵌在蓝绿交织的生态环境中，成长为一座生态宜居的绿色之城，蓝绿空间占比稳定在 70%。雄安肩负着"千年大计、国家大事"的重托，承载着本地人的希望和憧憬，也是来自五湖四海雄安建设者共同的绿色家园。

新生的雄安、期冀的绿色、高品质的园林建设，一个个嫩芽一样的理想需要哺育，需要大量全身心投入的人才去哺育。

"芳芳，你在正定工作这么好，受到各方高度认可，雄安的工作肯定要难多了，你要想好了再做决定。"领导说。

"主任，我已经认真思考过了，也和我爱人商量好了，

　　　　　　　　　　　　生　长

去雄安！"作为一名有10年党龄的"老"党员，武芳芳微笑的眼睛里透出坚定的光芒。

看着这位柔中带刚的铿锵干将，领导欣慰地点点头。

中国雄安集团生态建设有限公司高级业务经理，雄安集团优秀项目负责人中唯一一名女同志——初到雄安，武芳芳身上就贴上了明晃晃的标签。李姣接站，看到武芳芳，就像看到一位邻家姐姐，倍感亲切，又禁不住担心，悦容公园项目标准高、难度大，姐姐吃得消吗？李姣是雄安集团的校招生，负责悦容公园项目内业，将协助武芳芳进行现场管理。

在村民看来，整天在玉米地里摸爬滚打的武芳芳，怎么看怎么不像风光无限的业务经理。也难怪村民心里不踏实，征地程序启动以来，历史遗留问题堆积如山，各级干部都挠头的疑难杂症靠一个初来乍到的小姑娘解决？笑话。

他们没想到，十几天之后，武芳芳就将笑话变成了神话。

早起一睁眼，她就风风火火往外跑，开着自己的车，在乡间土路上颠簸，有时候还要开进地里去，一辆崭新漂亮的越野车很快和她一样成了"土老帽儿"，惨不忍睹。"光爆胎就有两次。"说起那段经历，武芳芳心有余悸，"玉米地那么大，定位都难，感觉真是孤立无援呀。"

等她将当天的目标完成，又丈量了几块地，又成功动员几户人家签了字，往往已到夜半时分。她在黑咕隆咚的庄稼地里开车，乡间小路曲折难辨，几次都迷路了。放眼望去，除了黑还是黑，一棵棵玉米站成的林子如鬼影幢幢。田野的风和虫鸣不由分说漫过来，像要将她淹没。一向雷厉风行的她也害怕了，心跳声擂鼓一样。但想想还要赶紧回去琢磨设计方案，施工图纸还有很多需要推敲的地方，她都没工夫害怕了。

天天在玉米地里钻，又热又扎又潮，她也会想起之前风光安逸的工作：8月份来雄安，两个月之前，6月份她刚刚被提拔。一个女同志，年纪轻轻，能够进入领导岗位，是被很多人羡慕的。就这么放弃一份很荣耀的稳定工作，奔赴新生的雄安，真的很需要勇气。她也有过纠结、有过担忧，到雄安工作可是要从零开始啊，建设任务重、工作累，干不好怎么办？

工作遇到难题，推动不下去了，决定来雄安时的破釜沉舟一遍遍在她脑海回放：设立雄安新区是国家战略层面的决策，建设雄安，则是实现个人梦想的大舞台。这是挑战，更是机遇，自己做园林的很多想法能够落地。创造一个园林精品，力争代表当代中国园林传承与发展的最高水平，这样宏伟的目标，在雄安，有望实现。

"我要用公园幸福一座城。"她暗下决心。

凌晨才能躺在床上休息，她四肢百骸无一处不酸痛。身体终于放松了，她脑子里还跑着千军万马：开工建设在即，项目土方从哪里来？了解到容东安置房项目正在同步建设，会有很多弃土，武芳芳大喜过望，赶紧协调将这些弃土运过来。

仅此一项，她凭借自己的经验和敏锐的筹划，为新区节省了大量建设资金，同时为项目建设赢得了两个月宝贵工期。

前期准备工作能否更到位，考验的是项目负责人未雨绸缪的能力。多少个深夜和凌晨，她的卧室一灯如豆，她还在反复推敲优化设计方案。多少次顾不上吃饭，她组织专家对设计图纸进行多轮论证，确保合理性、落地性，让施工单位拿到图纸之后，能快速推动进度。

一边提前谋划建设，一边忙于腾地开工。

每天，她都像个钢铁战士一样在田间地头出征。哪里有问题，哪里就有她的身影。她甚至学会了几句容城方言，和村民沟通的时候，像个村里长大的姑娘一样让人信赖又惹人心疼。

正值玉米即将成熟，早收一天，就减少些收成。村民们舍不得亲手种下的庄稼，更舍不得几辈人躬耕的土地。武芳芳理解村民的心情，她要等玉米成熟，不浪费粮食。但是工期等不起，她又不能完全等玉米成熟。矛盾、纠结、心疼、焦虑，武芳芳着急上火，嗓子哑了，嘴角都起了泡，还是每天蹲在地头，跟乡亲们拉家常："咱这儿的地不种庄稼了，要建个漂亮的大公园，有山有水有花有树。还会建一座安和塔，跟以前咱村里那座白塔似的。将来咱的娃娃生活在这么好的环境里，在家门口就有大学上，有很多大公司可以就业，有大医院，看病方便。从小村子到大城市，多美的事啊。"

武芳芳就这样天天在玉米地里钻来钻去，先混个脸熟，再一点点跟村民磨合。她帮着村民量地登记、征收组卷，给他们劝解矛盾纠纷，还要帮着杂物腾退、办理各种手续，忙着打电话、跑腿……慢慢地，村民们都把武芳芳当成自家人一样看待。

一位大妈看她忙得顾不上擦汗，脸都热得红扑扑的，把自己带来的矿泉水递过去："姑娘，快喝点水，可别中暑。"干工作着急，出门匆忙，武芳芳总是忘记带水，嗓子里早就冒烟了。她看着大妈像母亲一样关切的眼神，鼻子一酸，连连摇手："不用不用，大妈您喝吧。"大妈硬塞进她手里："我离家近，一会儿回家喝。"

几位大爷种了一辈子地，都很有经验，穿着长裤长袖在地里来来回回走："姑娘，这几块地我们帮你量。"武芳芳眼睛湿润了。

　　　　　　　　　　　　生　长

"你看人家雄安集团的小姑娘，这么高的学历，之前又是领导，能够一点点俯下身来，跟我们谈这个，真是不容易。"率先签字的村民说，"知道你们工期紧，我这块地可以推平了，你们先进场干吧。"

很快，方圆 2400 亩、伴随一代又一代村民的田地退出历史舞台，项目用地全部腾出来了。

"乡亲们，相信我，你们从祖祖辈辈的青纱帐走出来，我要送你们一颗美丽迷人的明珠，幸福你们的城市。"武芳芳站在一大片开阔的场地前，喃喃自语。她抚摸着胳膊上被玉米叶划伤的一道道小口子，眼前闪现的是年复一年的丰收景象，是雄安的乡亲们徘徊在庄稼地里时不舍的眼神。

她的心头，甜蜜蜜又沉甸甸。

2019 年 9 月，悦容公园项目按时开工。

看着手机上爱人的未接来电和微信里无奈取消的视频通话，武芳芳心里满满的愧疚。她想起，来雄安之前是怎样说服爱人的："你在北京工作，我去雄安，北京到雄安高铁才一个多小时。等高速地铁通车后，只需半个小时。我们可以实现家庭团圆啦。"爱人拗不过她，也打心眼里欣赏她的冲劲干劲，就同意了。谁想，刚来雄安，她就连续十几天连电话都没空接。不争分夺秒把场地清出来，项目怎么施工？

可是，项目开始施工了，她就能履行对爱人的承诺吗？

先植绿，后建城。

悦容公园是雄安新区第一座大型综合公园，作为重要的生态景观廊道，它是雄安城市功能展开的核心区域之一，要立足促进基本公共服务均等化的高点，服务疏解对象，服务新区群众。

自 2017 年 4 月 1 日雄安新区设立，到 2019 年 9 月悦容公园破土动工，两年多来，除了一座装配式建筑——雄安市民服务中心，新生的雄安一直处于规划阶段。现在终于要建设了，多少人翘首以盼。绿色雄安、水城共融的美景，是什么样子的？世界眼光、国际标准又是什么样子的？"聚光灯已经打上了，你已经站在舞台上了，大家都在看着你，不能卡壳。"武芳芳清楚地看到了自己肩上的重担。

学园林、管园林、做园林，多年来，武芳芳建过几十个公园，最大的一个，72 万平方米。悦容公园呢，168 万平方米，涵盖 1 个雄安地标性建筑、9 个园中园、18 个重要景点。她之前建的公园，都是一建三四年。悦容公园呢，一年。建设内容如此繁多，工期又如此紧张。压力大得像一把达摩克利斯之剑，分分秒秒都悬在她的头顶。

白天没空和家人联系，晚上也没空，一直到深夜甚至凌晨，她才能偶尔接到爱人牵挂不已的电话。爱人心疼她，舍不得责怪，还故意开玩笑减轻她的压力："你在正定的时候，咱俩每天还能聊上个把小时，每周都能见见面。现在倒

生　长

好，变成脉冲式了，三四天才打一个视频，三四个月才见一次面。"

拥有"一河两湖三进苑，千年绿脉显九园"的空间意象，"大美雄安、中轴礼赞、筑梦桃源、秀美景苑"的壮丽画卷，悦容公园要为雄安镶嵌一颗风姿绰约的明珠。

有多高的目标，就要付出多大的努力。

每天工作 15 个小时以上，武芳芳的工位却新得像没坐过人，因为她的人天天都和黄土去做伴了。头发随意一绾，护肤防晒品顾不上，时装高跟鞋收起来，她头戴安全帽，脚蹬运动鞋，像个最普通的工人，风里雨里跑来跑去。有朋友告诉她，她的步数是朋友圈里最多的，每天至少两万多步。她听了默默一笑，哪有空看步数啊。

半夜回到宿舍，双腿累得木木的，她真想倒头就睡。但是不行，不能睡，项目的事情千头万绪。她要站在全局角度，运筹谋划，算好工期和每个项目要完成的节点，带领团队一项项压实敲细。睡眠不足，她的眼睛干涩疼痛，脸晒得黑黑红红，嗓子累得沙哑了。与之相应的，是一张张图纸带着她手心的温度一步步化身成亭台楼阁，小桥流水。

松风园、桃花园、环翠园、白塔园、拾溪园、清音园、芳林园、曲水园、燕乐园，九个园的景观都在她的脑海里，也在她的梦里。她认识 168 万平方米项目现场的每一阵风、每一朵云。每天，她披着朝阳的霞光入园，再佩戴满身的星光回转。她行走在每一条小路，指挥过每一块砖石，抚摩过每一棵花木。山，在她坚定的手里长起来；湖，在她如水的目光中潋滟起来。

她沉浸在亲手孕育的园林梦里，浑然不知自己的身体内部正发生着一个巨大的变化。

冬天到了，武芳芳时常感觉眩晕心慌、食欲不振，她以为只是连续工作导致身体疲惫，没当回事。她有时特别难受，恶心想吐，也想着去医院看看，但工作实在太忙了，事事离不开她，实在抽不开身啊。直到有一天，她连续工作了48小时，发起高烧，不得已去医院检查，医生告知，她已怀孕4个多月！

这个消息让她又惊又喜又为难。她从医院出来赶紧给爱人打电话，爱人难掩激动，放下手头工作，奔赴雄安来看望芳芳。到了她的办公室，工位上空空如也，人呢？"武总去转项目了。"李姣一脸歉意，"项目工地太大了，不好找到，您先歇会儿吧。"

爱人真是又生气又心疼，这可是他们第一个孩子啊，芳芳也太拼了。他想摸摸芳芳的肚子，听听胎儿的心跳，在一眼望不到边的工地上转了一大半，才终于找到了她。

要呈现中国园林经典，集南北园林精粹，悦容公园对于

生　长

新区建设生态之城具有引领作用、里程碑意义。这个宏伟的园林梦，时时刻刻萦绕在武芳芳心头。

建一个园，爱一座城。公园是有温度的，城市是有感情的。

腹中的胎儿是她爱着的孩子，眼前的悦容公园何尝不是她爱着的孩子？算算怀孕的时间，正是她决定来雄安的时间。她轻轻地抚着肚子，感受着心跳一样的胎动，那也是一座公园蓬勃强劲的呼吸啊。她何尝不知这是自己第一个孩子，何尝不知孕期要倍加小心养护？可是，孩子在她腹中慢慢长大，公园在她手中慢慢成型，手心手背都是肉，她哪个都放不下。

爱人找到她的时候，她正站在悦容台的施工现场。戴着白色安全帽，穿着一件红色宽大的羽绒服，她右手拿图纸，左臂伸直，手指着南大门与悦容台之间，正在和一位建筑师探讨，这片空地怎样设计能兼大气与婉约之美。寒风中，一抹鲜艳的红色，如同一朵铿锵绽放的玫瑰，在周围男士们黑色灰色衣服的衬托下格外醒目。爱人看着她"指点江山、运筹帷幄"的样子，再看看她隆起的腹部，眼睛湿润了。

同样眼睛湿润的，还有安全警戒线外的几个村民。雄安新区容城县白塔村，与悦容公园紧密相连，项目用地正是白塔村的土地。闲暇时，白塔村民常常三五成群来看悦容公园。这几位村民，几个月前还用质疑的目光看这位活泼热情的姑娘，现在看到这个偌大的公园正在武芳芳的指挥棒下一点点发芽生长，伸枝长叶，就像他们侍弄的庄稼地一样青葱水灵起来，都越来越服气。

采访到武芳芳并不容易。一开始联系她，她电话没空接，微信没空回，好不容易抽出一晚上的时间，还要去开会。会议结束，坐下聊了没几句，电话响起，她急忙切入工作状态："书记。嗯，对，东西轴以南的……"

在武芳芳看来，雄安集团生态建设公司党委书记、董事长李振伏才是悦容公园建设成功的关键。悦容公园面积大、工期短、内容多、施工难、管理人员少，三十多家参建单位，只有几个管理人员。李振伏一方面尽力保障资金和人员调配，调动很多资源，给武芳芳减轻压力和工作量；一方面邀请全国最著名的建筑大师、行业专家，连河北省文物局的总工程师都请来了。为了保证工程质量，他亲自组织工艺工法竞赛，选出最优者；为了确保工期，他经常带队夜查工地。

大晚上，工地黑漆漆，乱糟糟，走路深一脚浅一脚的，到处是碎石烂瓦。李振伏每次都不打招呼，搞突然袭击，每次都能看到武芳芳在现场指挥。

悦容公园是南北长、东西窄的布局，由南至北，分南苑、中苑、北苑三个区。深秋，晚饭后武芳芳穿着长袖外套出来，一路走一路巡查，从南苑走到北苑，就已经是晚上十一点多了。气温越来越低，外套被夜风打透，武芳芳觉得自己的手伸出来都要被冻掉了，手指头冻得都不是自己的了，拿不住图纸。她想要结束这一天的工作，感觉这么晚了应该没有人再继续施工了。李振伏坚持要继续转，说工程要抓质量，看看就放心了，不要出状况。

转到北苑的一个角落，远远看到那地方有灯。几个人走过去，看到项目经理带着一大帮人在那儿打地基，浇筑混凝土。两拨人互相看看，都很惊讶，没想到这么晚，这么冷的天气，集团领导还在夜查，项目经理还在带队施工。听到说话声，从基坑那边又钻出来一大群人。看着安全帽下一张张黝黑坚毅的脸，武芳芳的心里热乎乎的。"所以说，悦容公园不是我一个人的功劳。"武芳芳感慨万分，"有这样可爱的一群建筑人，什么困难不能克服？什么工程不能成功？"

设计理念源自"容城古八景"之一"白塔鸦鸣"的安和塔，是雄安新区第一塔、中轴线上新地标、悦容公园第一高，聚焦了无数人的目光。武芳芳不敢掉以轻心，单是开专题论证会就开了七八次。

安和塔塔身共 7 层，每一层又有两个小层，相当于 14 层，高 63 米。再加上底下塔丘 3 个大层，高 18 米。整个塔一共有 17 层，总高 81 米，取九九归一之意。这样的一个高度，将近 20 多层的楼，建塔的工作量很大，工期又很短。

腊月到了，为保工期，要进行冬季施工。此时的安和塔建到将近 3 层了，大概 30 来米的高度。担心质量，李振伏说这么冷的天，别把混凝土结构冻坏了。武芳芳带领几个部门去查了，没有问题。李振伏还是不放心，要自己爬到上面去看。塔的脚手架跟建筑的不同，很小，没有转身的空间。李振伏不听劝阻，毅然爬上去。从外边看来，他就是悬空的。

"和经验丰富的工人不一样，这可是公司的一把手。"武芳芳被震撼了，"就专门为了工程质量，这么不顾危险。"

这件事给武芳芳留下了深刻印象。

武芳芳也给李姣留下了深刻印象。

悦容公园项目大，分好几个标段。这个标段进场在施工，那个标段还在招标，在定方案。这个刚转起来，那个又转。不停地循环往复。武芳芳每天在现场盯着，夜里十一二点结束一天的工作都是早的，经常要到凌晨一两点。

最初，李姣无法想象。天天这样，这怎么能受得了啊？李姣，这位天津大学的硕士研究生，是一位 90 后小姑娘，雄安集团作为优秀人才引进的校招生。小姑娘长得白白净净，苗条窈窕，穿得也很漂亮。

武芳芳刚到雄安时，李姣将雄安新区的相关制度以及办事流程都详细介绍给她。刚出校门的李姣缺乏专业经验，工作上、业务上，主要是武芳芳来推动，李姣辅助工作。武芳芳带着她一块儿干，一块儿转工地，一块儿抓质量。武芳芳忙到几点，李姣也忙到几点，一块儿回到租住的地方。

跟在武芳芳身边奔波的李姣，白净的小脸很快变得黢黑黢黑的。

各种不可思议的艰苦，李姣都坚持下来了。很快，迅速成长的李姣已经能独立负责项目。有一次，一个项目很紧张，武芳芳对李姣说，这个项目弄不好你就别回来了。其实武芳芳就是想给她一些压力，让她能更重视。结果李姣就真的没回来，在项目上整整盯了一夜。看着这个很认真、很较真儿的90后小姑娘，武芳芳就像看到了刚毕业的自己。那种行为模式和思维习惯、吃苦耐劳的坚韧劲儿都像极了。

90后年轻人越来越矫健的步伐，和悦容公园徐徐展开的画卷一样，令人期待和欣悦。

雄安新区，是干事儿的地方，也是能干成事儿的地方。在这片热土上，有很多实实在在干事儿的人。武芳芳觉得自己只是很幸运，站在聚光灯下，能让更多人看到做工程的女同志干起活儿来也是一把好手。而每一处园林美景的背后，都站着默默奉献的建设者们。

专家被邀请至现场把关指导，方案讨论会、专家评审会每周都要召开。行业顶尖的古建、铺地、种植工匠团队参与项目建设，以"大师营园＋工匠建设"模式全面提升雄安园林工程质量标准。

为了打造质量标杆，他们邀请全国优秀工匠开展工艺工法大赛。大家先做小的样板，选出最好的工匠来施工，做出一个模范，再推广到大的。很多关键工序就这样呈现了更为精彩的面貌，悦容公园因此建立了一个园林施工的样板。

每天武芳芳都要召集各参建企业开会，做得不好就改。已经建好的景观，看着不美观，没有艺术的美感，要砸掉重来；禁不住雨天检验，一下雨就流泥，要修改完善。

这些举措最后落地需要每个工人的双手和汗水。

在 12000 多张施工图纸的覆盖下，是 32 家参建单位，8 万多株苗木，数千名工人。工期紧，攻坚阶段，所有的工人加班加点连轴转。为节省时间，大家午饭和晚饭都在工地吃。高处作业的工人，更是用吊车直接把饭吊上去，吃完后马上工作。木工安装完榫卯后，油漆工立马上场，各个工种无缝衔接。下雨天，雨幕中穿着雨衣的工人依然在穿梭忙碌。

从高空俯瞰，这些行走的雨衣中间，武芳芳挺着大肚子的身影格外醒目。明知劝不动，李姣还是忍不住说："武总，这么大的雨，您要小心感冒，快回去喝碗姜糖水。孕期不能随意用药，您要为宝宝多保重身体啊。"

武芳芳摸摸自己的肚子："不在现场盯着，我不放心。我的宝宝在雄安的召唤下来了，和悦容公园一起成长，他是悦容宝宝，是雄安宝宝。他会和我一起用雄安力量、雄安精神建好雄安公园！"

临流若书、云台锁翠、灵峰听籁……雨幕中，灯光下，每一个美轮美奂的景观，都是一颗璀璨耀眼的星星。透过图纸，她听到了星星落地的声音。腹中的胎儿也听到了。

2020 年 5 月 7 日，是武芳芳的预产期。

这个时间，正是劳动节假期后。爱人有着小小的窃喜，心说，整个孕期芳芳都在项目上忙碌，不管怎么打电话嘱咐，她连孕检都顾不上。"五一"假期，芳芳该回家安心等宝宝出生了！

5 月 1 日，上午，不见芳芳。下午，还没人影。晚上，芳芳没回。

此时的武芳芳，正像每天的工作一样，奔跑在容城东南角和西北角之间，一直从早上七八点忙到晚上十一二点。

凌晨时分，爱人终于打通芳芳电话，忍不住急了："你是要把孩子生在工地上吗？"

"对不起啊。"在项目上雷厉风行、叱咤风云的女汉子此时无比愧疚，"我刚完成了所有项目的招标，但还是不放心，我再把工地跑一遍就回家。"

爱人无语。他能说什么呢？他知道工地有多大。

赶在生孩子之前完成了招投标，但武芳芳对于项目上的工地实在不放心，想着要有什么问题就赶紧解决，尽量多解决一些问题。5月1日、2日、3日……家人都急疯了，电话打爆了，最后老人放了狠话："你回不回来？再不回来就把你绑回来！"

2020年5月6日，武芳芳匆匆连夜驱车赶回了老家。终于看到了她的身影，父亲、母亲、公公、婆婆和爱人都围过来，大家的紧张和焦虑都快把她湮没了。让家人如此担心和牵挂，她都来不及说句愧疚的话，往沙发上一躺，累得一动不想动。

"夏天是施工的黄金时期，你看看这才几台设备？"凌晨一点多，刚从施工现场回到租住地的李姣，循例汇报每天的工作，发来工地的航拍视频，正在坐月子的武芳芳一看就急了："我数了数，一共50多个工人，这怎么行？"

5月11日，武芳芳的孩子顺利出生。回忆自己在劳动节假期奔波在工地上的情景，她忽然感到特别后怕。真是胆大呀，因为预产期只是一个大致的时间，医生说，婴儿在预产期前后两周出生都是正常的。幸亏这孩子晚出生几天，要不然他真的会生在工地上啊！

这个孩子跟着自己东奔西跑真得很不容易，武芳芳既心疼又骄傲。怀里抱着宝宝，手里抱着手机，她每天通过李姣的微信汇报查看工程进度，督导工程质量。怀里的孩子吃饱了奶，满足地依偎在妈妈怀里。

宝宝，你在妈妈肚子里已经如此坚强，现在，你一定也懂得妈妈。把悦容公园建好，这是咱们的职责和担当，这是雄安的风采和幸福。将来，你可以自豪地说，我是和悦容公园一起长大的！

孩子在妈妈怀里睡着了。这个特殊的雄安宝宝，此刻还不知道，他吃奶的幸福日子，马上要提前结束了。

工地上的人们乍一看到武芳芳，都瞪大眼睛，差点惊掉了下巴。"武总！您不是在歇产假吗？""武总，这才刚两个月……"武芳芳挥挥手，笑了："我想你们了呀！"

工地外，饭后出来散步的白塔村的大妈们，远远看着武芳芳的身影，都叹口气，"这丫头，太拼了！请了六个月的产假，这才俩月就又开始跑工地了。""是啊，为了给咱们建好公园，连自己的孩子都顾不上。"

爱人拿她没办法，嗔怪："别人都想多休息，只有你嫌假期长。"他抽时间带着出生不久的孩子来到雄安，希望芳芳能够继续给孩子哺乳。单位领导也心疼她，劝她多照顾孩子。

"这个面层铺设一定要注重收边收角。"武芳芳一边巡查一边叮嘱，工地一忙，她就忘了自己是母亲。孩子等不到奶吃，饿得哇哇大哭。挨了三天，她狠狠心，给宝宝断了母乳。

爱人没办法，带着孩子回了老家。谁料，奶粉试了一种又一种，孩子一直过敏，还闹起了湿疹。夜深人静，武芳芳拖着疲惫的身躯回到宿舍，才有空点开宝宝的照片。满脸红斑的宝宝，没有母乳喂养，瘦小孱弱。隔着屏幕，她都能感觉到宝宝的难受。

武芳芳红了眼眶。

多多，委屈你了。

给孩子起小名多多，是希望能和孩子多多见面，多多疼爱他。在疲惫地睡着之前，她模模糊糊地想，孩子不能叫多多，要叫少少的话，也许就能经常见面了。

第二天，项目工地上又出现了她奔波忙碌的身影。

松风园，松间风雅。桃花园，桃林阡陌。环翠园，芳华翠盖。拾溪园，双溪枕水。白塔园，回归初心。曲水园，九曲萦回。芳林园，芳林风月。清音园，山水清韵。燕乐园，鸟语花香。这九个园，是中式古典园林，蕴含中国山水美学的思想和意境，同时又添加现代时尚元素，如同一位在古典画卷中迤逦而行的知性美人。佳山秀水是她的骨骼脉络，亭台楼阁是她的眉眼樱唇，花草树木是她的秀发簪环。怎样才能让这位美人既大气旷美又秀雅飘逸？

从全国各地赶来的九个园的设计大师，克服路途遥远等困难，每个人都来了很多次，高质量发展专题会也开了一次又一次。

艺术美的难度就在这里。有了设计图纸，不能像盖大楼那样按尺寸盖出来就万事大吉。武芳芳深谙园林艺术美的真谛：就像油画一样，每个人看到的水杯画出来之后都不一样，这就是艺术。哪个好呢？好坏也没有固定标准，各有各的好，总有一张打动你。

环翠园设计师何防为了选到中意的石头，亲自到太行山待了三天。于是，我们看到了独具特色的红色景石，似在深情诉说着红色文化的拳拳心意。

假山的堆叠也大有讲究。在图纸上只是两笔，假山就标注出来了。但是，从山里采来的石头，每块跟每块都不一样。A石头、B石头，组合出一种效果。A石头、C石头，重量一样，组出来是另一种效果。A石头、B石头，转个方向又不一样。不是说有了图纸，石头弄过来，就万事大吉。从石头到假山，甚至一个小小的路沿摆放的细节，谁跟谁做出来都不一样。怎么能呈现美感呢？那就要借助中国的传统美学思想。古建、景墙等是一样的道理，都需要中国古典艺术跟现代园林设计相结合。

花阶铺地，宋氏木建筑，亭台楼阁的制式，都是古法传承加创新，呈现出来的效果很中式又很清新。避免因厚重而产生压抑，又规避因时尚而流于轻浮。

在工程建设的标准之上，追求自然科学的规律，让园林能够自由呼吸，有蓬勃的生命力。因为融汇了很多现代工艺和创新理念，悦容公园还成为室外园林博物馆，负责中国园林营造法式的全方位展示。

为了让风景与人文底蕴有机结合，除了邀请著名书法家撰写楹联匾额，武芳芳还计划在安和塔悬挂"容城三贤"之一杨继盛的诗词楹联，将雄安的文化底蕴提炼出来成为一种可供游客传承学习的精神。

悦容公园在这样严格要求与悉心呵护之下，逐步呈现出中国园林文化与中国古代经典的景观风貌。

看起来要漂亮，走起来还要舒心。

松风园结合覆土停车库建设与地形塑造，打造具有朴野禅意的山地园林。武芳芳和设计师李雷专门挑刚下完雨之后潮湿泥泞的时候去走，将整个松风园所有的角落走遍，哪里陷进脚，哪里就修改到位。

武芳芳常常自嘲，自己就是劳碌命。公园建设过程中，她白天夜里都会去查工地，不放心，是真不放心。每天晚上，无论多晚，她都要去一趟。北苑、中苑、南苑，无法都转到，但每天必须要去一个地方，尤其是在一些关键工序上，晚上不去看一眼，她就睡不着觉。

劳碌命的武芳芳从来不知道自己的孩子喝什么牌子的牛奶，生病发烧多少度，现在多大了，多高了，多少斤了……完全不知道。但是，若说悦容公园里哪条路怎么样，哪棵树长得怎么样，种在哪儿，是朝哪个方向种的，她都门儿清。

也不是没想过把孩子接到自己身边，武芳芳特意在容东租了个房子。奶奶带着孩子过来，仅仅一个月就受不了回去了，因为孩子在妈妈身边和不在身边简直一个样。深夜十一二点甚至凌晨一两点，奶奶和孩子都睡着了，武芳芳才回来。这时候她脑子里边不想别的，只想睡觉。忽然看到还有个小孩，连抱一抱亲一亲孩子的力气都没有了，反而心里默念"孩子可别醒啊，千万别烦我，我要睡觉"。早上，她要赶早班车，最迟七点钟就要出门，那时孩子还没醒呢。奶奶天天一个人带孙子，还不如在家——孩子爸爸还能在工作之余帮着带一带，教一教。

租了房子，武芳芳办了个停车卡，后来发现还不如不办呢。她的车每天都在项目上奔波，停在车库的时间满打满算就七个小时，最长的一次停了八个小时，掏过八块钱。每天八块钱，三十天才二百四；租个车位，每个月三百六。

这就是武芳芳的生活状态。

雄安集团举行项目负责人擂台赛，十八个优秀项目负责人竞选，武芳芳是唯一一位女同志。她的参赛题目是《以穿透融合之心，共绘新区美丽图卷》，从华海镜先生创作的中国山水画意境长卷《悦容春晓图》讲起，讲了自己建悦容公园的故事和经历。领导和同事们都被深深震撼了，也都记住了这位笑起来眼睛弯弯的亲切又坚韧的姑娘。新区领导特意为武芳芳改了两句诗相赠："正定亲友如相问，一片芳心在悦容。"

又是一年春草绿。

悦容公园的 8 万多株树木渐次醒来，伸伸懒腰，看着从它们身边经过的人群。

省领导来了，凭栏远眺，陶醉在悦容公园的美景中，突发奇想：能不能走一条公园里边没有台阶的路？这可是行程规划里没有的。大家都蒙了。武芳芳也一愣，但随即她就胸有成竹地说："没有台阶的路，您跟我走吧。"武芳芳带路，走遍了悦容公园，还真是一个台阶都没走。这需要对公园多么熟悉！如果不是一直在公园里摸爬滚打，用双脚丈量过每一寸土地，无论如何做不到随时满足任何一个突如其来的要求。雄安的园林人，好样的。省领导开心地笑了。白塔村的几个老人步履缓慢，边走边抚摩着一棵棵树，一块块山石，累了就坐在水边的长廊歇歇脚。"这个位置应该是我家那块地。这么一建设，还真是好看，跟在画儿里似的。""以后孩子们有福喽！再也不用钻玉米地受罪，上班累了在这儿逛逛多好。"

一对情侣爬上小山，站在亭子中给公园各个方向拍照，录小视频，发朋友圈。"这儿可真美。""以后咱们就在雄安打拼，生个雄安宝宝，多好。"

几个健身达人沿着湖边塑胶小路跑步，耳机里播放着喜欢的音乐。

孩子们嬉笑打闹，在亭台楼阁间捉起了迷藏。

看着兴高采烈的人们，武芳芳笑了。拿出手机，照片里，多多也在笑呢。还有视频，多多在叫妈妈呢。她学着游客的样子，将手机对准眼前的景色。"多多，妈妈没空给你买玩具，就送你这片云吧，你看它多像一架飞机。再送你一树花，你看这花多像你的笑啊。水上的霞光，像不像老家的星光？多多，我和雄安，和悦容公园的亭台草木，一起爱着你。"

孩子在视频里咯咯地笑，仿佛在说，妈妈，我也爱你。

爱人的脸也出现在视频里："芳芳，听说你被评为中国好人啦？太厉害了！我要向你学习。"

公园建起来了，武芳芳没有时间继续逛。

她深知，作为北京非首都功能疏解集中承载地，雄安新区正在不懈探索风景园林高质量建设路径，打造优美自然、宜居宜业的生态环境。

一个公园建好了，还有下一个公园。

如今，她接管了雄安园林事业部，成为负责人。工作重心往启动区转移，正在建设中央绿谷。这也是疏解北京非首都功能的一个集中承载地。还有容西公园以及雄安各个组团的公园。她把悦容公园的经验、措施逐步应用到各个项目之中，推广精彩，避免遗憾，共同打造蓝绿交织的画卷。

为了将这些收获提炼成中国园林可供借鉴的学术成果，她将实践与理论相结合，学以致用，发表3部园林相关著作、3个实用新型专利、4篇论文、两个QC成果。

用汗水换来的成长，正在开枝散叶，开花结果。

公园建好了，运维开始了。

2022年快过完了，武芳芳只回了两次家。

有一次，她兴致勃勃，计划借着去北京办事的机会，回家看看孩子。家人接到她的电话，兴奋得像过年。爸爸问多多，妈妈喜欢吃什么？多多说，喜欢吃葡萄。他抱着葡萄在门口等着，把妈妈的拖鞋也拿出来准备好了。爸爸说给我吃一点，多多说不行，这是我给妈妈的。两岁的多多蹲在门口，眼睛紧紧盯着门，孩子已经知道了什么叫望眼欲穿。可是，在雄安，武芳芳接了个电话，又跑到工地上去了。爸爸轻轻地揽过孩子小小的身子，慢慢拍抚着："多多，咱们先看电视啊，妈妈又有事忙，还要晚点才能回来。"

深夜，武芳芳回到租住的房子，看到爱人发来的小视频：多多举着一串大大的葡萄，满脸的开心和期盼。她为孩子的懂事而惊喜，但随即，眼泪掉下来。那哪是葡萄，那是孩子沉甸甸的心啊！

悦容公园开园后，如诗如画的美景口口相传，除了雄安本地人和建设者，还有很多人慕名远道而来。

为确保游客游园安全，武芳芳放弃了很多节假日休息时间。春节期间，她大年初二就返回雄安，亲自调度管理，确保公园假日期间运行平稳。

用公园幸福一座城。

来雄安时立下的宏愿，她，做到了。

悦容公园的微风，带着草木香气徐徐吹来。武芳芳正想着，多多在家跟爸爸又学了几首唐诗？一阵咿呀学语声传来，她一恍神，以为是多多。抬头才发现，一位游园的年轻母亲，推着一辆婴儿车，正在给孩子指点着什么。孩子肉嘟嘟的笑脸像个小太阳，散发着明亮温暖的光芒。武芳芳揉揉眼睛，笑了。

那一抹中国红

　　这是个晴朗的日子。雄安新区容城县金容中街一个临街的大院里，一群神情肃穆身着红色短袖工服的人，正跟随周瑛琪老人，一步步迈上花木掩映的台阶，走向静静矗立的烈士塔。微风吹拂着他们的红色工服，上面的白色小字"北京城建·雄安"轻轻飘动，字上方的党徽在阳光下闪着明亮的光。

　　此刻，他们随着周老手指的方向，仰头看向烈士塔。烈士塔历经风雨侵蚀，塔身已有一些残损，像是提醒着人们过往岁月里的累累伤痕。塔顶正面最上方是一颗红五星，下方刻着"革命烈士永垂不朽"几个苍劲有力的大字。塔台上几通塔碑镌刻着密密麻麻的烈士名字。

　　周老是烈士后代，义务守护烈士塔四十多年。随着他的讲解，面对敌人严刑逼供不断高喊"共产主义是好的！"终至壮烈牺牲的任凤翔，奋勇杀敌给自己留下最后一颗子弹饮弹殉国的尹景芬、周文俊……那个血与火的年代里战士们坚毅英勇的身影似在字里行间涌过来，他们的目光越过岁月的激流，热切地注视着这片土地上的巨大变化与惊世成就。

他们看到，雄安新区设立以后，十万余名雄安建设者从祖国的四面八方赶来，工作战斗在一起。他们看到，在这个主题党日活动中，雄安新区容西片区E单元安置房及配套设施项目E标段（以下简称容西E标段）的建设者们——来自北京城建集团的党员代表齐聚烈士塔下，庄严宣誓："我志愿加入中国共产党，拥护党的纲领，遵守党的章程，履行党员义务……"

铿锵有力的声音中，烈士们的英灵深深记住了这群人：他们从北京来到雄安，迅速投入到项目建设中；工期紧，任务重，他们加班加点，分秒必争；他们心系红色雄安，在烈士塔重温英烈精神，为集团工作人员充电加油。

容西E标段项目开工时，北京城建集团已在容东交出了一份亮丽的成绩单。容东B1组团"B1，B1，必须第一"的奋斗激情一直荡漾在城建人的心头，凝聚成铿锵的脚步和坚毅的汗水。

容东安置房建设共有7个组团、9个集团军。北京城建集团总包施工的B1组团项目开工最晚，交付最早。算起来，施工时间仅有 13 个月，中间还赶上疫情，赶上春节，真正有效工作时间只有 10 个半月。

10 个半月，140 多万平方米，121 栋楼！

那是一场怎样的硬仗啊！

站在容东一号通道，往北看 333 省道，一眼望不到边。这里原来是容城县的河西村、龚庄村。农忙之余，村民家家都忙着做衣服、鞋、毛绒玩具或是书包，渐渐形成一些小工厂和家庭作坊。2017 年 4 月 1 日，"千年大计，国家大事"的河北雄安新区设立，注定要在这片土地上掀起巨变，照亮一段不平凡的历史。

2019 年春，雄安新区第一批城市建设用地转用征收工作进入正式实施阶段，随后，村庄整体征迁拉开序幕。被多少辈人的汗珠一粒粒砸过的土地即将褪去自己绿色的衣裳，披上塔吊林立的嫁衣，迎接另外一种完全不同的新生活。很快，工作人员贴得满满当当的征迁条幅映红了村里每一条街道，挖掘机、炮车、雾炮车等工程车辆用轰轰烈烈的仪式送别了雄安大地上第一批消失的村庄，它们迅速进入历史，进入记忆，进入一个涅槃重生的传奇。

容东 B1 组团项目常务副指挥长朱兔根来到雄安，被眼前已经推平的一大片废墟震惊了。这位老兵自从 1983 年转业后，征战全国各地，干了数不清的工程，都漂亮地完成了任务，但从没见过这么大的工地，这么多的项目，这么紧的工期！

征迁村民洒泪挥别自己的家园，如今都分散到雄安周边租房住，给他们盖好安置房是重要的民生工程。年近六旬的老兵，再有两年就退休，还能这么拼吗？能干好吗？干不下来一辈子英名尽毁啊！怎么办？犹豫和畏难刹那间一闪而过，浮现在朱兔根脑海里的是军人服从命令的天职。每次接到急难险重的任务，流淌在他血液里的红色力量就会涌动起来。一天当兵，终生是军人。横下心来，干！

从进场开始，容东一直在跑步前进。起步就是冲刺，开工就是决战。任何一个施工节点，都特别紧张。一眼望不到头的工地上，数不清的塔吊迅速架设起来，一面面红旗飘扬起来，一辆辆工程车穿梭起来，10多万名建筑工人从全国各地奔赴雄安行动起来。

冲锋！朱兔根带领B1组团项目部工作人员一起定目标，严纪律，攻难题，如同上满弦的发条，高速运转起来！

每天，他都急匆匆穿梭在工地。140多万平方米，121栋楼，项目部每人负责20多栋楼，各司其职，由上至下实行网格化管理。朱兔根还是不放心，日查夜巡，遇到问题现场解决，还要统筹安排施工进度，见缝插针协调施工环节。在工地来来回回走，微信步数天天都超两万步。没有了房屋、树木和庄稼，工地上的尘土无遮无挡，直往脸上扑。回到办公室，拿张纸巾往脸上一盖，再揭下来就是一张泥脸的面膜。

晴天扬尘，雨天没有地方排水，凹凸不平的临时路天天堵车……面对艰苦的环境和交通条件，北京城建将精兵强将都调到容东了，大家一起打一场硬仗。121栋楼渐渐拔地而起，工地上的红旗插到楼顶上，半空中飘扬的旗帜越来越大，越来越鲜艳，迎风招展，涌动成一片红色的波浪。

旗帜下是前赴后继冲锋陷阵的将士。

精神高度紧张，巨大的体力消耗，长期熬夜，朱兔根凌晨一两点睡觉是常态，三点多睡觉也经常，每天两三个小时的睡眠，一万七千多农民工的管理……他的身体很快发出警报，两次肺炎，呼吸道感染，一直咳嗽，吃药。到后来，他中午基本上不吃饭了，没有食欲，只喝点饮料，体重迅速下降。

有一次朱兔根给大家上党课，讲着讲着，一阵剧烈的咳嗽发作了，咳得脸都红了。好不容易停了一下，他刚对大家抱歉地笑了笑，预备接着讲，又一阵咳嗽接踵而至。他咳了一阵又一阵，一句完整的话都说不出来。这样下去身体濒临崩溃，说实话，他自己都害怕了。同事们都劝他赶紧回北京调理身体，再不回去就怕回不去了。可是容东的工程刚进行了一多半，后期面临着更重要也是更艰难的冲刺。他是最熟悉项目情况的，他回去了，工程进度和施工质量势必会受影响。

　　　　　　　　　　　　　　生　长

在身体状况和工程任务之间，他不需要选择，军人的字典里没有"退缩"这两个字。同事们劝不动他，就请北京协和医院的专家到雄安来给他看病。专家看着他的样子，深深叹气："你这也太拼了。我给你开的药作用有限，你这病啊，必须好好休息才行。"

朱兔根最做不到的就是休息。他在食欲持续减退、睡眠严重不足、疾病如影随形三大"敌人"的进攻下，硬是用军人的钢铁毅力坚持到七月底容东工程顺利完工。

这下该马上回去看病了吧？

不行，走之前，他逐一梳理需要完善的事项，把所有工作都交代好，又咬牙坚持了几天才回到北京。此时他的身体已几近虚脱，体重锐减，走路都像踩着棉花，轻飘飘的。他戏言，这下减肥了。

脑子里没了千头万绪的工程，耳朵里不再有电话轰炸，他的身体很快就调整好了，一个月，各方面都正常了。为他调理身体的专家都感到后怕，为了雄安建设，这真是不要命的铁人啊。考虑到朱兔根的身体状况，集团安排他负责北京的一个项目。

容东完工，转战容西。北京城建负责建设 E 标段 86 栋楼。又是刻不容缓的时间节点，又是一场硬仗。容西 E 标段的铁军队伍里，有血糖高到 24 被强行送往医院还要偷偷跑回工地的副指挥长刘占宝，有老父亲做手术都顾不上照顾的项目书记杨崇学，有长期不回家孩子都快不知道爸爸长什么样的项目经理李俊，有服从命令听指挥的老兵戴军营、李世升和一大批"学生兵"，有坚守岗位日夜赶工期的朴实憨厚的工人们……

在雄安的建设大军中，北京城建集团是一抹独具特色的中国红。它最初的番号和旗帜，是"铁道兵"和"基本建设工程兵"。1983年7月1日，一个红色的日子，这支部队集体转业，北京市城市建设工程总公司成立，简称北京城建。多年来，政府的急难险重工程都会想到这支队伍。中国第一条地铁线、北京首都国际机场、昆明湖清淤、凉水河疏浚、"非典"期间用七天七夜建成小汤山三甲医院、鸟巢、建国70周年天安门的红飘带等，北京城建集团稳步书写着一页又一页红色背景的奋斗故事。

2017年雄安新区设立伊始，北京城建集团土方施工立即奔赴新生的雄安，当时他们还正在大兴机场施工。截至2022年，北京城建集团总部已经在雄安承建了安置房建设、体育中心、游泳馆、体育馆、超算云、北京四中、中国联通雄安总部等多个项目。一张白纸好作画，一个个坚定的脚印正走出一个个熠熠生辉的传奇。

自2021年1月2日开工，至2021年11月30日全部封顶，从一片废墟塔吊林立，到一栋栋楼房拔地而起，容西E标段7000余名建设者战胜高温、酷暑、暴雨、严冬、高压线拆除等重重困难，实现了86栋楼当年开工当年全部封顶的目标，迅速进入装饰装修施工阶段。

铿锵有力的建设步伐在2022年4月1日被疫情冰冷残酷的手按下了暂停键。容西E标段两个区五六千人同时停工封控。

停工期间，指挥部为工人免费供餐。工期紧张，十个标段，你停工，别的标段在紧锣密鼓施工。等到4月11日解封，工人不够，材料进不来，15日都还没有完全恢复生产。容西事业部工程进度排名，E标段倒数第一，被发函批评。

怎么办？

想想烈士塔上密密麻麻的烈士名字，想想曾经穿在身上的军装和已经刻入骨髓的军魂，吹响冲锋号，迎难而上！全力以赴保容西建设！

正在西集方舱医院工程奋战的总经理罗岗4月19日晚上看到通报批评的函，20日上午立即召集170多家分包企业，召开线上工作调度会，要求不惜一切代价把工期赶上来。从这天开始，他每10天召开一次视频调度会。即使在西集方舱医院工程抢工最紧张的日子里，他也没有忘记容西工程线上调度会。

晚上加班的人越来越多，工地彻夜灯火通明。

5 月 1 日，容西 E 标段排名第六，中等偏下，和第一名还有很大差距！

因容东建设经验丰富，朱兔根临危受命，从正在战斗中的北京项目再赴雄安，任容西 E 标段临时指挥部指挥长。

17 岁就参军入伍的朱兔根拿起激光笔在施工任务平面图上指点的样子，就像一位老将军拿着指挥棒在地图上运筹帷幄。召集所有分包单位开会，收集负责人电话，细化任务节点和目标，实地查看工程进度，安插协调错综复杂大大小小的工序……他直接进入决战状态，像建设容东那样夜以继日忙碌，每天只睡两三个小时。

兵马未动粮草先行。朱兔根在前线指挥千军万马冲锋，后勤保障也为打赢这场翻身仗竭尽所能。工人师傅们夜里加班，晚饭消耗净尽，那就免费送餐！米饭、馒头、肉菜素菜、矿泉水，由项目部员工分区送餐，加班的工人人手一份，天天如此。

项目部有个女孩叫竹雨，高高瘦瘦，胳膊细得像她名字里的竹。她和两个男同事一组，穿过坑坑洼洼的施工场地去送餐。一下雨，到处是泥水。夜深了，阴影里，一脚踩下去，鞋子全完了，人也差点摔倒。她一声不吭，在碎砖烂瓦上磕磕绊绊地走。来到送餐区域，每袋十八份盒饭，每提二十四瓶水，真沉哪。她还是一声不吭，和男同事一起将饭

　　　　　　　　　　　　　　　　　　　生　长

菜与水从送餐车上卸下来，细细的胳膊绷得笔直，安全帽下汗湿的头发一绺绺贴在额头上。

工人师傅们来领餐了。"今天是肉丸子。""这儿有鸡腿！""牛肉块！"一张张黝黑的脸上，疲惫的眼神里是幸福和满足。很多工人自己都舍不得在食堂买的饭，在免费餐里都吃到了。

2022年5月7日晚上10点，雄安暴雨如注，容西E标段项目部的员工们拿着大喇叭在雨中一遍遍呼喊："加班的工人师傅们，没有领盒饭的下来领盒饭了！"原来很多室内作业的工人们以为下这么大雨不会有人送餐了，盒饭剩了很多没人领，送餐的员工们将盒饭放进正施工的楼里，自己站在雨里等候工人，10点，10点半，11点……他们都被雨水浇得湿透。夜雨无情人有情，这一幕，被网友们誉为"雄安雨夜最美的声音"。

特大暴雨，雷电交加，工地上机械那么多，即将退休的项目书记杨崇学不放心，照例巡查。回来就感冒了，多年未犯的鼻炎也犯了，连同牙疼一起折磨着他，令他饭吃不下，觉睡不着。"这都不算啥。"他说，"项目部谁不是克服病痛在坚持，还有我们的工人师傅更不容易。"

每道工序每天报进度，每个难啃的阵地都有队伍一起解决。缺人？用大巴车从别的中标项目来回接送，火速支援。缺材料？想方设法从无疫情地区采购。什么？架子搭起来了，石材来不了，要等？不能干等着！架子底下所有的地面要施工，垫层要施工，要回填，上面还要铺装。拆！拆了之后石材来了再搭。见缝插针，滚动施工。不愿拆？做思想工作，身在这个团队，就要以服从命令为天职，必须牺牲小我，成全大我。

这是一场没有硝烟的战争，一场破釜沉舟的战争。必胜的信念支撑着他们，铁血军魂铸就着他们，翻身仗很快打赢了，5月20日，容西事业部综合评比，E标段排名第一。继续拼，继续打！胜仗一个个接踵而来，在容西事业部一次又一次评比中，E标段蝉联冠军。

是什么将这支队伍凝聚成铁军一样的力量？

朱兔根和杨崇学聊起当年的军旅生活。"我是52团的。""我是51团的。"两人相视一笑，果决坚毅的军人风采洋溢在他们沧桑而又热情的脸上。

"当兵有兵的血性，这是天然的，不是一两天形成的。"朱兔根说。

杨崇学点头："身为军人，打仗要冲锋了，难道你还想想家人，想想你自己的身体状况吗？那不可能！"

是啊，战争年代战士们抛头颅洒热血，从不会顾及自己顾及家，就像烈士塔上那些烈士；和平年代，要搞建设，绝对冲锋在前。杨崇学笑言："现在我们这里的退役兵军种齐全，基建工程兵、火箭军、海军、航空兵、空军雷达兵都有，还有雪豹突击队、中央警卫团、边防武警部队这样特殊兵种的。"

自成立那天起，传承红色精神就是北京城建集团的核心文化。此后，每年七月第四周是企业文化周，将军旅文化和校园文化有机结合，对新入职的大学生进行红色教育。每年"八一"开展老兵座谈会，老兵与大学生座谈，讲企业文化、军魂传承。每年十月是感恩文化月，进行重点项目红色演讲。每个月第一天升旗仪式，无论风霜雨雪，必须准时准点开始，雷打不动。国内国外的项目，都是同一天同一时间参加升旗仪式。红旗迎风飘起，相同的初心使命、理想信念，铿锵有力的音乐，强劲律动的心跳，将天南海北的城建人淬炼成一股钢铁的力量。

集团每到一个地方，都将企业文化与当地红色历史文化结合起来，为员工注入红色力量。杨崇学初来雄安，就专程找到容城县烈士塔，请烈士后代周瑛琪老人为党员代表讲烈士故事，传承红色精神。

传承不息铸就钢铁军魂。北京城建集团作为雄安建设者的一分子，为雄安新区快速发展撑起生生不息的基本色，飘扬起一抹鲜艳的中国红。他们用初心与信念，用钢铁的声音、上升的姿态，熔铸坚毅而又喜庆的中国色，让时间在手中飞翔，让大地生长太阳的光芒。

雄安工地处处红。

"功成不必在我，功成必定有我""一群人，一件事，一条心，一起拼，一定赢""是英雄是好汉，雄安工地比比看"……在容西E标段，86栋楼每栋上面都有这样的红色标语。

项目部三层观礼台，树立着两面红色旗帜，一面是党旗，一面是李俊青年突击队队旗，一年365天高高飘扬。

"七一"到了，每栋楼四个角，四面旗帜，86乘以4，多少旗帜？无人机拍摄的视频里，从空中俯瞰，容城县城大街两侧每家店铺都有一面红旗。镜头移动到容西工地，与林立的塔吊相映生辉的，是旗帜的海洋。到容西E标段，红旗越来越多，越来越高。每一面旗帜后都站着一个人，每个党员、军人都是一面旗帜。众多的党员、军人、城建工人，在国旗、党旗辉映下，组成了色彩鲜明的旗阵。

2022年7月30日，容西安置房项目如期交付。

走在一个个小区里，目之所及是造型漂亮的由品牌建材建成的低层建筑，宽敞的楼间距、赏心悦目的绿化带、安全智能的报警系统……项目部员工忙着配合回迁工作队员，服务征迁村民摇号入住。

这时候，杨崇学看到一个帖子，打听哪些是北京城建盖

———— 生 长

的房子，想住这样的房子。这个经历了无数风雨考验的老兵难掩激动，马上将首批交付的 3115 套房子都对照找出来跟帖。能有这种认同，之前一切苦和拼都值了。

作为重要的民生工程，安置房和生态建设是雄安建设起步早、建成快的项目。雄安商务中心、体育中心、游泳馆、超算云、三校一院交钥匙项目等，也在迅速建设中，未来之城雏形初现。容东、容西安置房建设是雄安大规模建设的一个点，这里的建设者是雄安众多汗水中的一滴，这里飘动的中国红是雄安红色力量中的一抹。更多的点、更多的建设者、更多的中国红凝聚在一起，就是雄安拔节生长的呼吸与脉搏所在。

在一段名为"容西——工地处处党旗红"的小视频里，有周老在烈士塔下讲解革命历史的画面，有工地上红旗处处招展施工热火朝天的场景，还有这样一个镜头：高高的脚手架上，一位工人正在将一面红旗插上最高的那根钢架。他的双脚跨度有半人宽，双手紧握旗杆，站稳之后，左手扶着钢架，右臂将旗杆举到最高，稳稳插入钢架之中。那种伸展到极限的姿势，那种虔诚仰望的姿态，像极了战场上的战士在攻克了堡垒之后胜利的欢呼和展望。

监制视频的杨崇学看到这一幕，眼睛热热的，想起在烈士塔看到的烈士雕塑，也是这样坚毅的神情，这样鲜艳的红旗。不同的是，烈士们身后是尚待收复的满目疮痍的山河，工人们身后是已经强大繁荣的祖国。

周老看到这一幕，想起清明节时，在抗日战争中牺牲的父亲墓前告慰时说的话："咱这一片地儿要建成雄安新区，我们都生活得越来越好，您老就放心在这里长眠吧！"

似乎为了呼应周老的话，最高的那面红旗在风中猎猎飞扬，后面是蓝天红日和数不清的塔吊。塔吊之林簇拥着的楼群如雄安大地上的一粒粒种子，正在发芽生长。

生 长

湿地天使

春节刚过，白洋淀的冰已大半解冻，水波翻涌。尚未解冻的坚冰渐渐融化成一条条蓝色冰凌，和白亮亮闪着金光的水波交织在一起——"铲河期"到了，白洋淀被季节的手织成一匹巨大的彩缎。

周龙山在岸上已经站了一个多小时。红褐色的脸膛被风吹得渐渐麻木，双手平端相机，任凭酸麻胀痛的感觉愈来愈重，胳膊仍保持不动。

他在等待。

终于，在被两条蓝色冰凌夹着的宽阔水波里，远远地冒出了一片小黑点。近了，近了，是一大群野鸭！这幅蓝天与淀水的静默水彩一下子活了，跃动起来。周龙山眼睛发亮，频频按动快门。这群野鸭太可爱了！呆萌的小眼睛，憨厚的脑瓜上青色羽毛闪烁着绿色光泽，黑褐色的肩部和背部，白色的腹羽，夕阳下闪着金光的栗色翅膀，真是色彩美学的极致表达——这是青头潜鸭！虽然不是第一次看到这种被誉为"鸟中大熊猫"的国家一级重点保护野生动物，他还是按捺不住心头的兴奋，拍出的照片喜气洋洋。照片上，水波悠悠，牵着他的目光溯流而上。在交错变换的光影中，那只身佩琵琶的"仙子"再次清晰起来。

一

周龙山自小在白洋淀边长大，喜欢去淀里转。春水明丽，夏荷馥郁，秋苇如金，冬冰似练，白洋淀一年四季皆入画。他爱好摄影，在月工资只有一二百元的胶卷时代，买不起相机，就借相机来用，坐公共汽车去保定买胶卷。他还买来洗照片的工具，学会了洗黑白照片。这样艰难而又珍贵的摄影机会，他几乎都是给人拍照，有风景也舍不得拍。

后来，生活条件越来越好，淀水却慢慢浑浊了，还常有一股难闻的味道。何时能再清？彼时，他不知道，中国在1992年已加入全球《湿地公约》。

1995年，河北省政府通过了《河北省白洋淀水体环境保护管理规定》。

2002年，河北省建立白洋淀省级湿地自然保护区。

2004年，安新县成立白洋淀湿地保护区管理处。

修复总是比破坏难得多。一年一年，白洋淀像一个既要丰厚嫁妆又崇尚天生丽质的新娘，缓慢地卸掉经济快速发展伴生的污浊负担，着力清洗、梳妆，想要恢复传说中的清丽容颜。

伴随着镜头中的画面，周龙山逐步了解了：湿地是全球价值最高的生态系统，被誉为"地球之肾"。位于河北省中部、京津石腹地的白洋淀是华北平原上最大的淡水湿地，在涵养水源、缓洪滞沥、固碳减排、调节区域间小气候、维护生物多样性方面起着重要作用，被誉为"华北之肾"。

2013年，河北省环境保护厅发布《关于加强自然保护区建设管理工作的函》。

2014年，周龙山拥有了自己的数码相机。

周末，他骑行一个多小时来到淀里一处浅水边。春水荡漾，岸柳婆娑，野花摇曳。忽然，一个白色的影子翩翩然飞入他的镜头。直觉告诉他，这不是一只普通的水鸟。他一边不停地按快门儿，一边细细观察飞落浅水的鸟。它长颈长腿，全身白色的羽毛，头部冠羽及眼部、颈部、胸部点缀了一点黄色，色调极雅。它黑色的嘴很长很直又很扁很宽，前端扩大呈铲状，也点缀了淡雅的黄色。正面、侧面、后面，低头觅食、仰头悠游、转头梳洗，敛翅休憩、伸翅抖水、展翅起飞……飞行时颈和脚伸直，姿态优雅，每一根洁白翅羽的内侧，尖端还点缀了黑边，像一管柔毫蘸了点墨汁，要在蓝天上书写一行行秀气灵动的楷书。他拍个没够，胳膊早就木了，但心雀跃着。

回家后，他赶紧上网搜索：白琵鹭，国家二级保护动物，因嘴长直、扁阔似琵琶而得名，被誉为"鸟中美人"。

好一个身佩琵琶的"鸟中美人"！他头一次在白洋淀看到这种鸟。"不行！"脑中念头一闪，他噌的一下从电脑前站起，急匆匆往外跑。"哎！你还没吃饭呢！"老伴儿在身后喊。他顾不上回应，蹬起自行车赶往白洋淀湿地保护区管理处。工作人员看了照片，和他一样惊喜，马上表示会前往监测，并采取保护措施。

这次奇遇成为周龙山摄影生涯的转折点。从此，他的镜头和心思就被鸟住满了。

经过无数次蹲守，他掌握了很多候鸟的迁徙规律、留鸟的繁殖情况，拍摄了大量生动鲜活的照片，还特意买来好几个移动硬盘。

"这个文件夹里，是水雉。颈后点缀金羽，翅膀镶嵌黑边，长长的尾巴，优雅美丽，俗称'水凤凰'。"周龙山是最早在白洋淀拍到水雉的人。他还拍到水雉的四只蛋，水滴一样柔美的形状，通体金色，呈放射状摆在一张大芡实叶上，像一朵花。

"这一张是黄苇鳽，长得很清秀。"

"这张，是斑啄木鸟，它常常从树干里面啄出虫卵，在树上磕打掉硬壳。真聪明！"

"白鹭也很聪明。它们会跟着羊群走，羊一吃草，草里的虫子蚂蚱都跑出来，优雅的白鹭秒变吃货。"

———————————— 生　长

正看得入迷，周龙山的大孙子递给我一本摄影集《白洋淀湿地——鸟的家园》："阿姨，这里面有我爷爷拍的照片。"

朋友们看到这些照片，大为惊艳，纷纷向他取经。一向大方的周龙山却变得很"吝啬"，只有确认为爱鸟护鸟的，才带他们去。"大家一定要保持距离，不能为了拍摄成了'赶鸟人'。"周龙山对朋友们谆谆告诫。

自从邂逅白琵鹭，他就再也割舍不下对鸟的牵挂。湿地管理处工作人员时间精力有限，万一有人排放污水怎么办？有人捕鸟猎鸟怎么办？鸟需要救助怎么办？从此，他踏上了公益巡护之旅。

二

周龙山的担忧不是没有道理的。

白洋淀地处潴龙河、孝义河、唐河、府河、漕河、南瀑河、北瀑河、萍河、白沟引河"九河下梢"，143个淀泊星罗棋布，3700多条沟壕纵横交错，因缺少上下游协同防护，极易成为纳污之地。

我国候鸟迁徙有三条线，白洋淀处于中线，是候鸟迁徙途中重要的栖息地、繁殖地。白琵鹭就是在迁徙途中被周龙山拍到的。

有好几次，他看到有人用弹弓打鸟、张网捕鸟，就赶紧上前劝阻。有人不听，他就放下相机，跟人唠嗑：

"咱有多少年见不到这些水鸟了？再不保护，它们就要灭绝了。"

"淀里许多水草是水禽从南方带来的。保护好这些鸟，白洋淀会越来越美。"

"再说，水鸟还是革命功臣呢！抗战时雁翎队在白洋淀打击敌人，船上插着联络用的雁翎；为了防止枪膛火药受潮，在火眼插上雁翎；船行水上，是雁行人字形，如雁翔云上。送情报、端岗楼、打敌船……雁用羽翎陪伴和见证英雄的安新人民战胜日寇，迎来胜利。"

"什么？喜欢这些鸟想养着？那不行啊，它们是属于野外的，养起来会害了它们。"

周龙山是一名小学美术教师。为妥善安排好本职工作和公益巡护，每天凌晨四五点钟，他就骑车出门；下午下班后，继续奔波。

日复一日，酷暑严冬，日晒风吹，他匀净的脸膛渐渐变成红褐色，皮肤"沟壑丛生"，手也越来越粗糙黝黑。淀边湿滑，没地方放三脚架，也不方便移动。而且很多瞬间一闪即逝，三脚架还没支好，鸟儿已经飞走了。他就一连几个小时举着相机。年深日久，他的手成了"相机手"，就像"鼠标手"一样常常隐隐作痛。但是，看到很多珍稀鸟类因为他的拍摄和记录被发现被保护；看到很多人放下弹弓，拆除捕猎工具，

　　　　　　　　　　　　　——————————— 生　长

有人还和他一起宣传爱鸟护鸟，他就觉得，这点苦太值了！

　　鸟儿需要救助的时候不会给你发信号，打招呼。周龙山时时担心，日日牵挂，却从未想过自己也会需要救助。

　　暑假里一个闷热的下午，他骑车巡护。汗水湿了衣服，脑门上汗珠源源不断滚下来，往眼睛里流，他用同样汗湿的手一抹，继续往前骑。到了同口大桥，汗已经湿透了背后的书包。桥下的水早已干涸，人们踩出一条坑洼不平的土路。他握紧车把，小心翼翼躲避坑洼。咦？远处电线杆上的黑点好像是鸟。他快蹬几下冲过去，自行车越过一个大土块，颠起来，摔倒了。顾不得腿被磕得生疼，他爬起来拿出相机，调大镜头，看出那是一只红隼，锋利的爪子还紧紧抓着一只老鼠。他如获至宝，拍了好几张照片，不顾右腿隐隐作痛，继续往前骑。

　　到了唐河湿地，一下自行车，右腿站立不稳，差点又摔一跤。一瘸一拐走上堤岸，他一眼就看到一只被困在笼中的沙锥，正在扑腾着翅膀，绝望地挣扎。顾不得腿还瘸着，他急急跑过去，蹚水将沙锥解救出来。看着沙锥没有大碍，很快游走了，他的眼睛里闪烁着喜悦的光。

　　回去的路上，经过桥底，自行车在一个剧烈的颠簸之后，忽然骑不动了。他下车查看，后轮折了，只好推着走。这是他第二辆自行车，已经骑坏一辆了。自行车上绑着三脚架，他背上二十来斤的书包，还有十几公里的路没有树荫。

走了三个多小时，中途歇了好几次，揉着疼痛的腿，他心里忍不住嘀咕，这是何苦来呢？他来帮助鸟，谁来帮助他？

夏日酷暑，周围一个人都没有。他坐在土坡上，一张张翻看相机里的照片。灰鹤、黑鹳、草鹭、夜鹭、黑卷尾、山斑鸠、金翅雀……一只只小精灵像一个个老朋友在跟他打招呼。这都是可亲可爱的天使啊。他身上忽然充满了力量，忍着疼痛站起来，继续一瘸一拐往家走。

后来，他专门买来修车工具，学会补胎、换闸线、换轮胎、换链条……再去巡护，他就又多了一样辎重——修车工具。他早上出去，中午回；下午出去，晚上回。每天几身汗，晒得又黑又红，还要忍受蚊虫的叮咬。汗湿透了衣服，湿透了书包，书包的颜色都变了，上面有洗不掉的汗渍，渐渐成了白色的盐边。

公益巡护三年后，周龙山和白洋淀一起迎来了一个激动人心的时刻——2017年4月1日，河北雄安新区设立。

此时的白洋淀，整体水质为劣五类。

"不让一滴污水流入白洋淀！"河北省提出了这样一个看似不可能实现的目标。随后，全省上下合力打好白洋淀生态环境治理攻坚战：退耕还淀、生态补水、废污治理、生态清淤、湿地建设……多管齐下，综合施策。

周龙山再去拍鸟，就多次拍到保洁员在淀区清理垃圾，

　　　　　　　　　　　　　　　　　　　生　长

还有小白房子——那是湿地里面净化水的保护设备。

2017 年劣五类、2018 年五类、2019 年四类，2021 年，白洋淀水质达到三类及以上标准，为近年来最好水平，进入全国良好湖泊行列。

三

2021 年 1 月 13 日早晨，周龙山带着两个孙子去巡护。孩子们兴高采烈地滑冰玩。他看到远处有两只鸭子和一只骨顶鸡在水里游，跑过去拍了好几张照片。拍完忽然想起两个孙子还在冰上玩呢。这里的水解冻了，那冰层就不安全了！他赶紧又跑回去，将两个孙子带到岸上，给他们看拍到的野鸭："翅膀上有棕红色的羽毛，这不是一般的鸭子。"

经河北大学生命学院侯建华教授鉴定，这是两只赤膀鸭，国家"三有"保护动物，在雄安尚属首次发现。

2021 年，周龙山还发现几只鸟，翅膀边缘有扇贝一样的斑纹，闪烁着黑、紫、绿交织的光彩，还有一些白色斑点，很好看。经鉴定，这是紫翅椋鸟。

2022 年，他拍到一大群紫翅椋鸟，有百八十只。

这一年他还发现了丹顶鹤，是一只落单的幼鸟。

秋冬季节，大批迁徙鸟类到白洋淀越冬或栖息。此时，周龙山最忙碌：他和朋友们参加雄安野生鸟类迁徙科研监测工作，详细调查鸟类种群数量本底；配合安新县自然资源局联合巡查专项行动；将自己的经验传授给新入职的鸟类巡查员；记录拍鸟和救助经历，发到朋友圈、公众号和各个微信群；就连路上遇到老年骑行队，他也不忘停下来讲爱鸟护鸟知识；还准备把拍摄到的鸟类图片制成电子小册子，供附近的村民查阅、识别，学习救助鸟类。

淀区的路泥泞不堪，非常难骑。周龙山大多时候推着自行车步行，有时候还得扛着自行车，甚至蹚水，弄得浑身是泥。有一次，他骑着自行车掉到苇丛后面的水里，赶紧先把相机包扔到岸上。等他爬出来，浑身湿透，手机也泡水了，自行车只露出了一个车把。隐藏在芦苇边观察野鸭群的迁徙情况时，他曾经掉到冰窟窿里，上岸后半天缓不过来。

八年多来，他骑行近二十万公里，骑坏了两辆自行车，换了三个相机。

丰富多彩又坎坷曲折的经历，使他拍鸟、爱鸟、护鸟的事迹渐渐传开。河北卫视曾对他进行过两个多月的专题报道。新华社记者采访他，并制作了宣传片。雄安及县级媒体也多次报道他的事迹。

2021年，他被安新县自然资源局聘为鸟类观察员。

2022年，安新县成立观鸟爱鸟协会，他是第一批会员。

四

在同口村麦田里，周龙山每年冬天都会拍到大鸨——以麦苗为食的国家一级重点保护野生动物。以前是拍到几只，现在是拍到一群，几十只。

还有白琵鹭，这位"美人"不孤单了，他已多次拍到一大群白琵鹭。

傍晚，夕阳下的淀水金光闪闪，像落了一地银杏叶。有的地方"叶片"平铺着，有的地方"叶片"翘起了边边角角，有层次，有厚度，飞扬着美丽的光影。远处是朦胧的树林，近处是一片藕塘，洁白的藕节半露。一群白琵鹭在浅水里觅食、嬉戏，时不时展翅低飞，翅膀镀上了一层金色阳光。有两只正用铲状的嘴啄食藕芽，优雅得像晚餐桌上美丽的知性女子：

周龙山举着相机，陶醉了。

一年一年，这个红脸膛的汉子身上慢慢多了一种气场。他眼睛里的光，是浸润着爱的；他脸上的笑，是慈悲和蔼的；他手掌上的茧子，是握着车把和端着相机磨出来的；他挺拔的身影和矫健的步伐，是日复一日巡护走出来的。这些，鸟儿们都感受到了，它们会给他做各种姿势：梳理羽毛、伸伸爪子、抖抖翅膀，等他拍够了才恋恋不舍地飞走。那眼神中的信任和从容让他心里的暖流像这淀里清澈的水流一样，绵延着，幸福着。

白洋淀有一条著名的长廊。周龙山站在长廊上，看到一对鸟夫妻带着四个孩子，正在芦苇丛中穿梭。他将镜头拉近，看出是头戴"凤冠"的凤头䴙䴘。它不是候鸟吗？在白洋淀生孩子了？

回家后他给两个孙子看照片："这张是鸟妈妈将小鸟背到背上和翅膀上。这张是四只小鸟，乖乖的，萌萌的，等着父亲捕食回来。这几张是鸟爸爸和鸟妈妈在轮流喂食。这张，小鸟吃饱了在水里游，芦苇的倒影一圈圈荡漾开来。"

两个孙子目不转睛地看着一家鸟其乐融融。小孙子说："爷爷，这一家小鸟就像咱们家一样开心！"

目前白洋淀水面面积达 270 平方公里，越来越多的候鸟变成留鸟，在这里孕育雏鸟，繁衍栖息。比如青头潜鸭就是迁徙性鸟类，经河北省林草局专家观测鉴定，青头潜鸭确实已经在白洋淀安家落户。再比如国家"三有"保护动物斑嘴鸭、国家二级保护动物水雉……也都留下来了。

五

东阳小学二年级教室里，周龙山应邀为孩子们讲课。他打开课件，将一张张高清影像投放到大屏幕：

白洋淀有优美的自然风光和充沛的水源。雄安是未来之城、智慧之城，也是蓝绿交织、水城共融的生态之城、文明之城。一颗明珠让一座新城有了最佳落脚点；一座新城让一颗明珠焕发了前所未有的光彩。

现在，"华北明珠"越擦越亮，很多水鸟在这里安家。

　　　　　　　　　　　　　　　　　　　生　长

看，鸟中土豪来啦！这是佩戴"土豪金眼镜"的金眶鸻，神奇吧。

天姿之鸟来啦！黑翅长脚鹬体态修长，身姿高挑，跟模特似的。长脚和水中的倒影组合在一起，像星星，像元宝，变幻无穷。

这种呆萌可爱像"小鹦鹉"的震旦鸦雀，喜欢吃芦苇皮里面的虫子。震旦，是古印度对华夏大地的称呼，可见这种鸟有多么古老呀！它被称为"鸟中活化石"，是全球性近危物种，国家二级重点保护野生动物。

…………

孩子们睁大眼睛看着。周龙山爱上了那些惊喜和期盼的眼神，又不得不让他们难过和揪心。

"这张是 2021 年 3 月，我在北何庄看到两只受伤的绿头鸭，马上展开救助，喂养十来天，成功放生。这是 2022 年 8 月，救助的两只白鹭。2022 年 9 月，救助一只大麻鳽。"

孩子们的眼神随着鸟儿被成功放飞又重新装满期盼。周龙山心想，等退休以后，要到雄安的各个学校去讲课，让更多的孩子爱上这些天使。

最后一张照片，汩汩翻腾的水浪之上，是壮美的"鸟浪"，像空中忽然鼓动起大块大块的云朵。孩子们亮晶晶的眼睛，闪着喜悦的光，一如多年前周龙山偶然拍到一只白琵鹭那样的惊喜。

六

个人救助鸟类的事迹，周龙山不愿多提，他印象最深刻的一次救助，是和几个好心人一起，让一只濒临绝境的鸟重返蓝天。

2022年4月7日早晨，天气晴暖，春花正盛，新绿茸茸。他巡查到桥北淀区的堤坝，自行车斜后方突然"射"出一只鹰。仔细一看，还有一只鹰被尼龙绳吊在了树枝上，羽毛凌乱，脚上的绳子勒得很紧。快救它！但是树枝与堤坝之间有一条很宽很深的沟，走不过去。他前后寻找，看到一只船，但上着锁。他赶紧向湿地管理中心工作人员齐洺发信息和图片。齐洺正在附近巡护，立即赶到。两人想了好几个办法，长竹竿、梯子，都不行，只有划船了。这时，桥北防火巡查员张玉珍、于金花远远走来。她们认识船主人，立即打电话联系，同时骑电动车到村里拿船钥匙，还联系到了桥北村的高享，终于把船锁打开。

高享划船带着大家到树下施救。鹰又开始拼命挣扎。远远的空中，那只被周龙山惊走的鹰还在徘徊，担忧地看着"爱人"。齐洺经过仔细辨认，确认这是一只国家二级保护动物普通鵟，中型猛禽，鹰的一种，有攻击性。齐洺指挥大家压下树枝，用毡子把鵟裹好。

绳子解除了，鵟似乎明白了自己遇到的是好人。齐洺给鳽喂淡盐水，它很配合地喝了很多。经过细致检查，发现只有脚上绳子绑的地方有点擦伤，齐洺给它进行了伤口消毒处理。几个人又来到村里超市，买了些新鲜的肉切碎喂给鳽。

此时，已下午一点半，大家来到野外放生，谁也没想起来吃午饭。鳽先是一动不动，几分钟后，站立起来，抖抖翅膀飞向了天空。成功了！鳽在天空盘旋，像是在致谢，随后才与先前那只鳽一起飞走。

过了两天，周龙山又专程去那里巡护，看到鳽已经在自己捕食了。鳽也看到了他，安静地站在树枝上，任他举着相机拍了个够。周龙山眼睛发酸，暗暗祈祷不要再有人伤害鸟了！

2022年7月，河北出台《关于加强白洋淀鸟类栖息地管理的通知》，白洋淀湿地全域列为禁猎区、全年为禁猎期。

2023年2月2日，周龙山在公众号"白洋淀一角"中写道："第27个世界湿地日，主题是湿地修复，旨在提高公众对湿地为人类和地球所做贡献的认识，促进修复湿地。"

现在，白洋淀湿地初步形成稳定的"陆生—水生—湿地"植物群落结构，是华北地区天然的博物馆和鲜活的动植物物种基因库。

又一个"铲河期"到了，周龙山站在建设中的雄安湾岸边，红褐色的脸膛上，眯起的眼睛照例紧盯着镜头。未解冻的冰层下，淀水哗哗地流动着，大大小小的鱼在冰层下翻涌。解冻的淀水中，一群又一群的水鸟正在觅食、嬉戏。他想，这就是人与自然和谐共生的美景吧。

白洋淀的春天，来了。

小荷才露尖尖角

　　河北雄安，容西片区。陈俊鹏正将自己刚刚做好的饭菜端上餐桌，手机响了。他一手拿筷子，一手接电话："对接好了？3月6日上午？好，马上安排。"

　　他放下电话，赶紧吃饭。两分钟后手机又响了。"快递到了？好，我下楼去拿。"

　　拆开外包装，里面是一个个的小包装：绿雪、光岳、敬亭梦、金太阳、黛玉晚妆……足足三十个小纸包。陈俊鹏越看越兴奋，抄起手机打电话："快递收到啦！这么多品种，你太给力了！"

　　他急急扒完几口饭，从租住的安置房出来，快步走向几十米之外的新建校，雄安容西容兴高级中学。他买的缸盆已经在校门内的空地上摆好。数了数，不够，又找来几只废弃的桶。

　　音乐教师王可心兼任办公室部分工作，她急匆匆赶来，一把抢过陈俊鹏手中的水管："校长，您快歇会儿，我来！"
陈俊鹏一看她就笑了："你这还没浇花呢，衣服上怎么都
是水？"

"唉，别提了！"这个风风火火的保定姑娘爽朗地笑
起来，"周转校卫生间的水太热情，冲个厕所简直跟冲浪
似的！"

陈俊鹏也笑了，将水管转交给王可心，直起腰来，捶了
捶。"看这进度，再有一个多月，咱们就搬到新学校了。将
来，周转校的经历就成为绝版啦！我敢打赌，你们会想念
周转校这段'患难'时光的。我再去转转，看看灯都安好没
有，亮不亮。"

校园里还有几个工人在做收尾工作。初春的风还有些
凉，阳光却柔和多了。正值壮年的陈俊鹏一头白发在阳光下
格外晃眼。王可心看着陈俊鹏走远了，偌大的操场上他宽阔
的背影越来越小，却是那么的坚实、有力。

"哎哟。"王可心惊叫一声。缸盆里水漫出来了。她的鞋
子，刚在周转校被水溅湿，又在新校区被水浸湿了。

"陈校长说得对呢，周转校的时光，真的是很难忘。"

2022 年 8 月 25 日，陈俊鹏与来自全国各地的 31 名优秀
教师以及面向新区招生的 232 名高一新生，在容城博奥学校
临时周转区相聚，从此开始了容兴高中的创校历程。

容兴高中校长陈俊鹏是安徽宣城人，副校长任继华是河北省邯郸人，年级主任赵定柱是从邻县定兴三中过来的。容兴高中除了两位老教师是容城中学的，其他老师分别来自东北、江苏以及河北省的保定、博野等地，且都是硕士毕业的。陈俊鹏为老师们解决好租房、搬家等问题，帮他们搬行李，采购生活用品，一个个都安顿好了。天气热，他给老师们买水果，还买冷饮。冰凉可口的奶昔、冰激凌、柠檬茶……让一群女孩子尖叫起来。

1997年、1998年、1999年出生，一群年轻教师既是羽翼未丰的燕子，又是嗷待翱翔的雏鹰。年轻教师经验上是欠缺一些，但是没有什么别的精力牵扯，可以全情投入到工作中。陈俊鹏要做的就是把他们的翅膀锻造强劲。

博奥学校腾出部分教室、宿舍给容兴高中使用。办公条件简陋，没有办公室，教师们就挤在一间教室办公。学生课桌拼一拼成为临时办公桌，多余桌椅摆一摆成为临时会议室。老师们瞬间秒回学生时代，排排坐在课桌前备课、判作业。

陈俊鹏的办公桌也是课桌，办公椅也是学生用的小铁椅，还是仓库里废弃待修的那种。没两天，他觉得腿有点疼，发现椅子翘起的边角把裤子刮破了，直接扎着肉。他拿黑板擦将椅子敲了敲，换了条裤子继续办公。没过两天，裤子又刮破了。他从安徽过来时，就带了两条裤子！裤子的钱比椅子都贵了！不得已，他买了把新椅子，笑着说："我可是搞特殊化了！我的椅子是全校最好的。"老师们看看新椅子，再看看校长破了洞的裤子，眼里满满都是心酸和心疼。

陈俊鹏没注意老师们的眼神，他看到的是排排坐的老师们；看到的是从莫斯科国立大学毕业的王可心就趴到那个小课桌上，坐着小铁凳；看到的是小课桌上参考资料、教案、作业本，堆成了小山。为了不再发生裤子受伤的案例，老师们自带椅子垫和靠背。空间更狭小了。看着看着，他眼圈红了，转身戴上安全帽，前往新校区建设工地。

秋老虎毫不留情地将陈俊鹏安全帽里的白发打湿，衣服也都湿透了。脚步不停，占地面积5.4万平方米的校园，他每个角落都要走到。

走完一圈，他跟施工方沟通，贯彻自己的建校理念，交代好注意事项，转身赶回周转校。想起有老师说，被蚊子咬了20多个包，他捎回花露水和风油精。

两头跑，他总是步履匆匆，语速很快，恨不得把一分钟当作一小时来用。他办公室的灯总是比教室早亮起，比教室晚熄灭。每周一，不到六点钟，他已经站在食堂门口等候学生开晨会。每次放假，总有几个学生的家长晚到，他会和值班老师们站在一起，陪伴孩子们到最后。

老师们经常觉得陈俊鹏会分身，上一秒他还在周转校为年轻老师评课，下一刻已经在新建校工地上解决问题。他还经常把一些优秀的文章和自己的作品分享给老师们阅读学习。大家就奇怪了，哪来的时间看书？只有他自己明白，睡前那几分钟、十几分钟的价值。在他这里，假期是不存在的。时间和空间，似乎有更多的打开方式和不同的意义。

夜深时他终于躺下来，浑身累得跟散了架似的，他也会感到孤单、苦涩。周转校的艰苦环境、初出校门的年轻教师、基础差的雄安回迁群众子女，让一向自信的他觉得压力大得如达摩克利斯之剑悬于头顶。他想家，想家乡。手机里家人的消息总是不能及时回，昔日同事和朋友们的问候也铺天盖地静静地等在手机里。

在秀美江南，陈俊鹏是安徽省省级示范高中宣城市第二中学校长。"校长，您头发又白了不少，快歇歇吧。"有的老教师甚至苦口婆心地唠叨。"校长，您的头发怎么白了？"学生们没大没小地问他，纯净的眼神恰如江南春水，爱和关心都透透的。老师们和学生们爱他，是因为他爱他们。在他的学校，高三学生累，比高三学生累的是高三老师，比高三老师累的是校长。以校为家不是一句空话。缓步巡视，疾步行走，伏案工作，讲解课件，推荐阅读，埋头思索……从清晨六点多到深夜十一点，从周一到周末，从教学楼到办公室，他的身影无时无刻不在。正是日复一日的高强度工作让正值壮年的陈俊鹏头发渐白。他却对自己的白发甘之如饴，开玩笑说："那是因为下雪了呀，我想和你一直走到白头。头发白了，说明我已经和教育事业白头偕老了。"

多年磨一剑。他任职的学校在年度目标考核中均为优秀等级，曾荣获空军招飞先进单位、教育部普通高中化学学科教研基地实验校、省体育传统项目优秀学校、市文明单位、市文明校园、市平安校园、市卫生学校、市公共服务先进单位、市日常行为规范示范学校等荣誉称号，他还指导青年教师参赛，多次获得国家、省、市一等奖。

他自己主持和参与多项省市级课题结题，曾先后当选为安徽省数学学会理事、省数学教学专业委员会理事、省教育技术装备专家组成员、省名校长工作室成员、宣城市政协委员、市青年联合会副主席、市责任督学，被评为宣城市优秀校长、市教科研先进个人、市青年骨干教师等。

荣誉在身，陈俊鹏的前景如同江南的风景，蔚然深秀。

朋友知道他喜欢水，喜欢水生植物，送了他好几盆碗莲。这盆，嫩黄的花瓣像是初生的小鸡翅羽，层层叠叠，肥硕饱满。那盆，也是黄色，却又带了点绿意，花托处几片大大的花瓣，宝座一样，托起中间几片聚合成碗状的花瓣。那边，寿桃形状的白色花瓣尖端点上了粉红色，多像娃娃额上的红点。花朵硕大，外围士兵一样站岗的花瓣，守卫着中间由无数蜷曲的花瓣挤挤挨挨聚合而成的"皇冠"。美丽

　　　　　　　　　　　　生　长

多姿的莲花，像他璀璨的职业生涯，也像他任教的学校和学生。

搅乱一池春水的，是一则招聘公告。

2022年，雄安新区面向全国公开选聘优秀校长。

雄安容西片区首所高级中学，容兴中学，进入了陈俊鹏的视线。

一边是自己多年播种花开果熟的沃土，一边是一张白纸从零开始的新校。

一边是如晴空一览无余的光明前景，留下来是锦上添花，更增璀璨。

一边是如山谷曲折难测的巨大挑战，奔过去是老牛垦壤，成败难料。

去雄安！陈俊鹏听到自己内心鼓荡澎湃的声音。领导、同事、亲朋好友听到这个消息，震惊之余纷纷挽留——此去千里之遥，工作上生活上都离不开他，怎么舍得！何况要放弃这么好的教育条件，这是多年的心血啊。就连学生们听说了，也一群又一群地围在他身边："陈校长，您不能走，不能不管我们啊，您还要带我们考上好大学呢。"

陈俊鹏决心已定。"在安徽，没有我，这所学校也没问题；去雄安，多年的教育经验和成果可以更充分地发挥作用，为雄安娃带去江南的新鲜空气。"

大家最终理解了他，懂得了他的追求和勇气，为他，也为雄安教育送上了真挚的祝福。

带着对雄安的憧憬，陈俊鹏从秀美江南调入了河北雄安新区，任雄安容西容兴高级中学校长。

憧憬很快被现实撞击得坑坑洼洼。新建校还是一片建筑工地，周转校硬件设施不足，他的很多现代化教育理念和智能教学方案无法实现。

比硬件设施更困难的是学生状况。

2022级招收的232名学生在文化课成绩上和兄弟学校的差距很大。这些雄安娃，从小县城的农村走出来，住进容西安置房；从乡村初级中学毕业，走进新组建的容兴高级中学。陈俊鹏从未见过这样的孩子：农村的朴实和狡黠糅合在一起，身为雄安人的自豪和对自身前景的迷茫交织在一起，真挚坚韧的性格和懒散躺平的心态又混杂在一起。

因地制宜，创新管理！他从业已成熟的教学经验中走出来，要把周转校的师生日常生活照管好，把基础落后的教学抓上去！

从乡村初中毕业的孩子们，很多还是头一次住校。他担心学生无法适应周转校生活，就和学生一起吃食堂，一起跑操，住学生宿舍，找学生聊天，定期指导举办各项活动疏解学生压力。

学校实施小班教学，对学生学习情况科学精准分析，多维度对学生成绩进行剖析，推行导师制和活动育人方案。高一（2）班的学生学习数学遇到了困难，他主动和班主任、科任教师一起跟班上学生谈心，帮助他们梳理学习上的问题，给出提高班级数学学习积极性的建议。

老师们发愁了，学生们没信心了，陈俊鹏一遍遍鼓励："我们起点低没关系，每天只要进步一点点，就能发生翻天覆地的变化！每天踏踏实实地做事，我们就一定能得到我们想要的结果！"

他真的如一头老牛，艰难地开垦着这片荒瘠却又有着无限活力的新土地。

"这么大的鸡腿！排骨！好香啊！"这是封校期间为了改善学生伙食，学校给每位师生加餐时学生的欢呼。2022年11月受疫情影响封校，陈俊鹏带头和三十多名教师一起搬进了学生宿舍，和学生一同生活，一同学习。他不时还会给老师和学生们制造一点小惊喜：给老师们送奶茶、水果，给学生们安排趣味运动会、室外音乐课、校园舞、跳绳比赛等，让老师和学生们不因为封校而烦闷枯燥。

过年了，他专门带队前去慰问老教师。老教师是学校里的宝，他们有丰富的经验，可以给年轻教师答疑解惑。容城本地的两位老教师更是陈俊鹏了解雄安教育现状的活字典。

看到满头白发的校长每天风风火火干劲十足，感受着初出校门的年轻教师心无旁骛的青春活力，老教师们也被激发出了高昂的斗志。

1996年出生的博野姑娘牛子涵，长得文弱清秀，性格温柔腼腆，独自一人租住在容西片区的安置房里。走进她布置得温馨可爱的家，首先会被沙发上一堆毛绒玩具吸引。呆萌的羊驼、憨厚的玉桂狗、粉嫩的草莓熊，她的"伙伴们"太可爱了！"这都是陈校长专门去白沟小商品城买来的。"牛子涵笑起来正应了她所任教的学科，脸上满满地都写着幸福。她教心理课，兼任学校公众号管理员。心理是通向身心幸福的桥梁，学校为这门课命名为"幸福课"。从此，来做心理疏导的孩子再不会有心理负担，不会担心被同学议论有心理问题。大家都知道，上这门课是修习怎样能更幸福的！

晚上抱着毛绒绒的小可爱们，年轻的女教师们心都萌化了，暖醉了。工作一天的疲累都被化解，因想家而起的褶皱也被熨得柔柔润润。

一学期结束，容兴高中各项制度紧锣密鼓出台，新校区建设有序推进，学生身心状态稳定，教师获得长足发展，社会良好口碑一点点建立。

"低进高出"，是容兴高中每时每刻都在奋斗的目标。

2023 年，春天来了，新学期开始了，新校区也建设得有模有样了。

陈俊鹏在周转校和新校区之间跑得更勤了。他每天最迟 5 点半起床，6 点到周转校。两节课之后，9 点 40 分开始跑操，跑操结束马上开车往新校区赶，周转校的工作就交给副校长任继华。任继华将周转校管理得井井有条，用有限的条件创造无限的温馨和力量。在教室外面走廊里转一转，能看到墙上的优秀试卷展和教师的示范答题。油漆剥落的教室门上，设置了漂亮的展板。每个班的教育格言、教育理念以图文并茂的形式亮相，学生们未进教室前先看到这样一些大字："道阻且长，行则将至；行而不辍，未来可期。"有的教室门上，过年的福字和对联还红红火火地贴在上面。这都是老师和学生们手写的呢。窗玻璃上贴着卡通小兔子的"平安如意运气旺"等新年问候。这些小兔子，每天都笑眯眯地看着教室里堆得高高的书和埋头苦读的学生们。

每天上午 10 点钟，陈俊鹏到达新校区。到了就赶紧"找茬""抓人"。学校马上就要搬来了，不把缺点找出来，人家说都没问题。

转完一大圈，缺点提一筐，趁着整改的空当，他赶紧买菜自己做午饭。王可心都惊奇了："校长这么忙，还能把自己的午饭做好，还想着种花。人家是不知道时间都去哪儿了，您的时间是不知道都从哪儿来的。"

陈俊鹏笑笑："新学校附近连小吃都没有，想偷懒也偷不了啊。而且我做饭还可以，等忙完新建校的事情，我请你们尝尝我的厨艺。"

很多事情要协调。陈俊鹏首先跟城发集团沟通交流，将问题和需求通过城发集团代表反映给各个施工队。施工队改进了，他还要再巡视，再提意见，再提升。

比如黑板要降十公分。当时是按照国标安装的，但现在都是电子白板，它不像以前的黑板，上面够不着，教师可以在下面写。现在这个黑板一打开，设备都插在上面。黑板太高了，总不能让老师每次站个板凳。又不能降得太低，因为下面是整块的瓷砖。所以就往下降一点，下面再做一个小讲台，这样老师们上下都够得着。

再比如所有的灯必须全部是护眼灯，自然采光也节能。

安全护栏高一米，要增加到一米八。

通风天井装上防坠网。

通楼顶的地方全部加锁。

教室外边设有书包柜，每个学生有个编码，在自己的柜子里存放书籍。

舞蹈教室旁边要有盥洗室。

增设电子门禁，一些重要场所刷卡进出，设置不同的权限，绑定到每个人手机上。

整个校园的楼都连起来，做空中连廊，为师生提供最大

生　长

便利。

建好学生浴室，解决孩子们洗澡难的问题。

设置教师健身房，装一些动感单车、跑步机什么的，旁边设置洗浴的地方。

地下停车场装上充电桩。

室内篮球场，篮球架可升降，折叠之后，可以举办其他活动，是多功能的场地。吸音板要做好。

报告厅设648个位置，因为一个年级的规划不超过640人。

增设应急电源，考试的时候，突然间断电能接入应急发电，正常运行，无须供电保障车。

跑道多画线。蓝颜色是男子跨栏，黄颜色是女子跨栏。有数字的是百米。往后推就是110米跨栏。

…………

陈俊鹏开玩笑说："受空间限制，学校比较紧凑，但是也很有肌肉感。好多东西，都是一块块拼出来的。很多点子，也是与城发集团碰撞出来的。城发集团做事情很仔细，比如垃圾桶都收起来，收在廊柱后面，既能看到，又不是很显眼。"

除了马上要落实到位的，还有很多要考虑到将来的。比如大屏全部都是数字化，未来全部联网。先保证第一期使用，二期的时候，计划给学生配平板。报了8个班的二期采购，未来打造数字化和个性化学校。

就是这样千头万绪的事情，陈俊鹏每跑一趟新校区，都不会空手而归，总能顺带着解决几个问题、又想到几个好点子才回到周转校。

晚上跟家里视频，他也按捺不住兴奋，跟家人聊，今天新学校又建好了什么什么。家人又是高兴又是心疼地说他："你这真是学校比家还重要，家里装修都没有这样操心过。"

虽然每天在周转校的时间少了，但全校师生都在他心里装着。女孩子们在办公室种了很多花，他凑上前，看到王可心在给两个盆换水，便问："这是，碗莲？""是啊。"王可心虽然像男孩子一样豪爽洒脱，但骨子里仍然是个爱美的姑娘，喜欢花花草草。"我在超市里花 5 块钱买了 2 颗种子，泡泡水，过几天就长一点，慢慢就出芽啦。"

陈俊鹏笑了："你这跟玩具似的。你等着，我让你看看什么是真正的碗莲。"

于是就出现了本文开头的一幕。他专门找安徽的朋友，快递过来珍贵品种的碗莲，种到新校区。

在校园文化建设里，陈俊鹏觉得一定要有水。生命的大部分都是水，学校也是生命体，有水，才能活起来。

江南多的是水。他想："我把水汽带来了，希望能润养北方这个新生的校园。"

陈俊鹏心里有自己的算盘：学校建好了，服务的是雄安新区的孩子们。雄安的孩子们得到了提升，又反推本地学校建设。

怎样从根本上提升雄安孩子们的精神面貌？

新学期，学生们穿戴一新。陈俊鹏敏锐地捕捉到一个现象：学校里大部分男生穿的鞋子都是 1000 块钱以上的，最贵的鞋子是 3000 多块钱。这样的孩子回到寝室以后第一件事是干什么？不是睡觉，是擦鞋，给鞋子上油。

家长太宠孩子，有必要买那么贵的鞋吗？

小王是这群孩子的典型代表。他家人口多，分了四套安置房，住两套，租出去两套，还有补偿款。但是他不知道他家生活条件到底达到什么水平，他就感觉他家这么多房子，读书这件事情跟他没有多大关系。

这个时候，硬要让他树立奋斗目标，努力学习，是不现实的，也是毫无效果的。

陈俊鹏就抓住这个孩子爱干净、重仪表的特点，让他加入第一批参观清洁新建校的队伍。

新建校太漂亮了！爱美之心人皆有之，何况是小王这样重视仪表的孩子。他顺着连片的白红灰相间的楼房走了一圈，到拥有 4 个篮球场、3 个羽毛球场、4 个排球场、10 个乒乓球场的运动场转了一圈，被激动兴奋的心情点亮了眼晴。扫地、墩地、拔草……他干劲十足。

陈俊鹏看着他满头大汗的样子，心里对这个单纯可爱的男孩喜欢极了，走过去拿起他的拖把："墩地不能往前墩，不能跟到后面走，这样就全部踩上脚印了。"

他说："那怎么墩？"

陈俊鹏弯腰给他示范："你往后墩，人倒退着走，不就好了？"

这个孩子在陈俊鹏办公室隔壁班，平时很调皮，学会墩地之后，回到周转校很是开心地学了一段时间。后来知道又要选人到新建校去打扫卫生，那几天他天天拿个拖把，就在陈俊鹏办公室门口拖。

"校长，我要拖地了啊！"

陈俊鹏惊奇地说："你干什么？"

小王说："你看，我上次去过新学校了，能不能再让我去一次？你看我拖地拖得好，他们不会。"

陈俊鹏故意严肃地说："我们要多给别人机会。除非，你有个学习进步奖，给你奖励，可以多去几次。"

这孩子学习劲头真上来了，很快就有了进步，也如愿以偿多次去新建校搞卫生。

孩子们生活能力强了，对学习能力也是一种促进。但显然治标不治本，这种短期激励只能偶一为之。相比于安徽省省级示范高中宣城市第二中学的浓厚学习氛围，怎样唤醒雄安孩子们内心深处的求知欲和奋斗欲望，这是他的全新课题。

陈俊鹏紧接着展开了一系列调研。发现很多本地的孩子严重缺乏见识和思想。很多孩子读书没有动力，都说家有三四套房，好几台车，不愁吃不愁穿。他不知道外面的世界是什么样的。

面对陈俊鹏的问题——你们最远到过哪儿？孩子们纷纷回答："我去过保定。""我去过易县。"

"去保定，去易县，是干什么？"

"吃。玩。"

陈俊鹏再问："雄安是智能城市，号称云上雄安，你们知道怎么回事吗？"

"不知道。"

"你们觉得，雄安将来会成为什么样子？"

"有大公园，大商场，可以逛公园，逛商场，吃美食。"

越来越触及到问题的核心。这样躺平怎么能匹配未来之城？

孩子们能懂什么？说是张白纸也差不多，家长和学校给他画点什么就是什么。

2023 年 3 月 6 日上午，容兴高级中学"知雄安、爱雄安、荣雄安"研学活动领导小组，由陈俊鹏校长带队，全校

262 名师生分三批依次参观雄安新区规划馆，详细了解雄安新区的规划发展和建设情况。

在雄安，容兴高级中学是第一个组织所有学生去看规划馆的学校。

陈俊鹏指着规划设计图，跟孩子们说："看看你家在哪儿？是不是在最边上？你看中间，那是启动区、起步区。看看规划得多么高大上？是不是感觉跟你没有什么关系？但是你家有再多的房，你想一下，如果你是雄安招聘来的人才，你会不会到容西去租房，然后到启动区、起步区去上班？这不现实。所以你家的房，房租才越来越便宜，最后能不能租出去都不好说。你现在不愁吃不愁穿，将来恐怕很快就会坐吃山空。那怎么办？那你要想办法，到启动区、起步区去工作啊。以现在的标准，至少得是研究生学历啊，所以你要好好读书。"

小王听得最专注。这个喜欢墩地的男孩，悄悄在心里定下了一个目标，将来要当城市"美容师"，为家乡的"仪表"服务。

目标树立了，危机感也有了。

清明节，陈俊鹏又带学生们去北后台烈士陵园，就徒步去。

看着累得东倒西歪止步不前的孩子们，陈俊鹏跟大家唠嗑："什么是最简单的？走路是最简单的，都是机械的，腿一抬就走了，结果你都走不下来。所以你说学习苦，走路不苦吧？走路走多了也苦。这世上没有什么事是不苦的。但是走路苦，你走下来了，不也就攻克了吗？学习也一样。就像今天走路一样去做，也就都攻克了。"

令陈俊鹏感动的是，孩子们那天的表现真得是非常好。

孩子们是可塑的。

接下来，他还计划带孩子们就近去更多的地方博物馆，近距离触摸自己所生活的这片土地的文化底蕴。

新校区报告厅取了个名字叫"明伦堂"，取自容城古八景中"古篆摇风"之景所处的老县政府的那个明伦堂。

"明伦"二字出自《孟子·滕文公上》："夏曰校，殷曰序，周曰庠；学则三代共之，皆所以明人伦也。"意思是地方学校的名称，夏朝叫校，商朝叫序，周朝叫庠；学习这件事，是夏、商、周三代以来共同重视的，目的都是为了引导人们懂得人伦道理。明伦堂，多设于古文庙、书院、太学、学宫的正殿，是读书、讲学、弘道、研究之所，传承千年，承担着传播文化与学术研究的功能。

容城的孩子们不知道这些。他们不知道容城古八景，不知道容城的圣贤人物，不知道自己家乡的文化底蕴。人要有一种家乡的自豪感，这是爱家乡的具体表现，也是文化自信的源泉。现在很多孩子什么都不知道，就感觉他们是飘着的，没有根。

陈俊鹏感慨，他所在的南方跟北方的孩子不一样。南方在这方面重视程度要高一些，哪个地方有哪些特色，包括文化思想和社会背景，南方的孩子都知道；未来准备考哪个大学，是看重那个地方的哪些文化元素，也都清楚。

陈俊鹏问这边的孩子，他们很茫然，回答说只要不考到保定就行。

他们对自己，对家乡，对自己的规划都没有很好的认识。

为了弥补这些欠缺，陈俊鹏的想法非常多。

他未来想做容城八景的壁画，做地方文化的普及。

建了天文台，取名叫"问天台"，源自宇航员出征的时候那个问天阁。

体育馆名"天健"，寓意"天行健，君子以自强不息"。

将来要保证孩子们每周到报告厅看一场演出或者是电影，用周日上午最后两节课的时间。

还会设容兴电视台，输出一系列地方历史文化及学校的思想理念。

二期规划也要调整。本来二期规划准备报数理化的数字实验室，鉴于学生们的实际情况，调整为历史和地理的数字化实验室。设备里面包含 VR，学生戴上眼镜以后就能看到真实场景。当时讨论的时候，很多人不明白为什么要上这个，不上数理化。陈俊鹏说："上数理化可能对老师意义比较大，但是上了这个 VR 以后，来让学生看看，他就知道原来黄山是什么样子的，上海浦东到底是什么样子的。要让学生有这种感觉，而不是像现在这样，他们最大的愿望是，最好我家是开个小卖铺的。一个班里面，喊四五个孩子来问他，这个超市里面，最近这个星期上了什么新货，他都知道。"后来国旗下讲话，陈俊鹏就说："正因为你们让我坚定了一个决定，就是新校区不会设超市。我不让你天天想到小卖铺里面吃什么，断了这个念想。眼光放长远一点。跟孟母三迁似的，咱们要一个真正的学习环境，目标教育从高一到高二到高三都要普及。"

陈俊鹏感叹，雄安的孩子们是新区设立以后最大的受益者。没有新区，他们就没有这样的学校，就没有读书这个概念，享受不到优质教育。

确立了目标之后，小王学习劲头更足了。他也如愿以偿，在分批请学生参观清洁新建校的时候，能够多次被选中。

虽然有保洁，但陈俊鹏特意让学生打扫卫生。很多孩子在家不干活儿，什么也不会，而现在都是保洁小能手。

参观新建校的女生们大多很文静，有些女孩子还很内向，不喜欢说话。

安静有安静的办法。

校门口从安徽远道而来的碗莲，最初是由陈俊鹏和王可心及一些爱种花的女老师们养护的。很快，大部分盆里都有芽苞冒出来，碗莲成活了。还有几盆没冒出来，陈俊鹏琢磨，可能是上面的浮沫把它遮住了。他就把浮沫都清了一下。看着蹲在旁边花圃里拔草的女生，他心生一计，冲她们招招手："过来！给你们看看，这些碗莲将来开出的花有多漂亮。"他划开手机上朋友发来的荷花图片，"这些碗莲就归你们养啦！我会告诉你们注意事项。养到 7 月份开花以后，可以分很多盆，你们只要还我一盆就行了，剩下的劳动成果全归你们，你们可以带回家去。"

　　"真的吗？可以吗？"女孩子们看看手机上美若仙子的荷花，再看看刚刚钻出尖尖角的芽苞，眼里放出光来。

　　"当然是真的，你们的校长一言九鼎。"陈俊鹏说，"你们就每次养护的时候记个日记就行。多少字不限，写一句话不嫌少，写一千字不嫌多。重要的是你们要看到生命的变化，看到生命的无限可能。"

　　学生们来的次数多了，彼此之间也叽叽喳喳地交流感想。

　　"看，这里有我种的花！"

　　"看，那个草坪是我收拾出来的！"

　　"那个连廊是我的责任田！"

　　虽说学有所乐，但若只有学习，就会枯燥乏味。在容兴高中，孩子们可以多角度、全方位去体现主人翁的精神。这个特别漂亮的崭新面貌，是他们用双手一起创造出来的。

陈俊鹏抚摩着自己的满头白发笑了："我不喜欢气氛太死的东西。高中是最青春的，不说它绚丽多彩吧，至少不能是一种颜色。"

学校的展板和壁画，把一些常规需要的、具有规范性的统一做好，其余的就交给师生们。各个班的班训自己做，再空出一些位置给学生，学生们想法都不一样。现在很多学校处处标准化，弄大幅的标语，把学生当产品，学生就被管死了。

容兴高中是为数不多的音乐课、美术课、体育课都开的学校。还有心理课呢，就是学校命名的幸福课。

陈俊鹏认为，成绩只是一个方面，但是你一开始就把他拴死在学习上，让他对整个学习太反感了，那没什么意义。

他最常说的一句话是："学校不是校长一个人的，是所有老师跟学生的。一定要给学生个性化的空间，只要不出格，让他们想干什么干什么。"

被暖到的还有容兴高中的每一位教师。

办公室里每两个老师一个柜子，放自己的私人物品。安排作业架，学生的作业不能堆在桌子上面。电子白板设置新的接口，包含了 Windows 和安卓两个系统。日常上课之外，准备开发一个功能，解决上课时课件怎么过来的事情。传统的方法是用 U 盘带过来。U 盘没准，有时候坏了，或者读取不出来。陈俊鹏准备引入云办公系统。给每个老师分配一个云办公的账号和密码，不依托这台电脑，所有的运作都在后台。老师们到班里来上课，登录他的云账号，他所有的课件都有。下课以后，他只要把自己的课件一关或者浏览器退出来，就跟他没关系了。就相当于 WPS 会员那样的。家里电脑上，手机上，随时随地都可以方便快捷地办公。

策划教师图书馆，用图书漂流的方式，将教师家中闲置书籍最大限度利用起来。书还是你的，只不过放在学校代理保管。要看书就到学校，学校帮你供电费。

学校建好以后，按照县里的要求，面向全县所有的学校和学生开放，有很多资源可以更好地利用起来。

学校图书馆首先计划在 2023 年暑假对学生开放。如果学生暑假愿意到学校来看书，为什么不开放？其实有很多家长也在发这个愁。家长工作挺忙的，孩子一个人在家没有学习气氛，坐到图书馆里面和在家是不一样的。

2023 年 4 月 25 日上午，雄安容西容兴高级中学全体师生正式入驻容西片区青禾东路 1 号。

早上七点半，全体师生在博奥学校集合。学生代表高一

生　长

（4）班的王子昊发表了演讲，校长陈俊鹏宣读了致博奥学校的感谢信并赠送了锦旗，博奥学校的师生在校门口欢送容兴全体师生并送上祝福。容兴师生最初相聚在周转校，以为很快就要搬走，没想到日复一日，竟在这里学习和生活了八个月之久。所有的艰苦如云散去，留下的是深深的情谊、不舍与感激，如这春日正在发酵的阳光，蒸腾出明亮的香气。

欢送仪式之后，陈俊鹏带领全校师生开启徒步之旅，从容城县城的博奥学校迁入容西片区的新校舍。一路彩旗飞舞，与青春的脸庞互相映衬，熠熠生辉。路两侧的交警为师生的安全保驾护航，他们震撼地看着这几百人的队伍，整齐，昂扬。孩子们在用脚步丈量成长的距离。这是一节行走的课堂，是启新，更是跨越。

十余里的路程，身上冒汗了，腿也酸了，终于，九点半，全体师生安全抵达新校区！

看到学校大门的那一刻，大家忍不住欢呼起来。不少师生红了眼眶。

踏进大门，三十个缸盆正在列队欢迎回家的师生们。这些碗莲底下都有肥料土，它们早已从小小的芽苞里抽出壮实的荷茎，顶端擎着荷叶，卷起来的叶片两头尖尖，凸起的叶脉呈放射状，颜色一点也不绿，是害羞的红褐色。

小荷才露尖尖角！这就是那尖尖角啊。

这小小的尖尖角，每天吸收阳光的热量和水里的营养，很快就会大大张开，成为碧绿饱满的圆叶。

缸盆上，贴着它们的名字，绿雪，金太阳，中国红，井冈山……

陈俊鹏看着这些蓬勃生长的碗莲，看着身边稚气未脱的年轻教师们和汗水淋漓却脸庞红润的青春少年，心里胀满了五颜六色的滋味。这，是另一种璀璨的成长。

将一个新家一点点装扮停当，带着一家人乔迁新居，对陈俊鹏来说，这样实实在在的耕耘注定是他职业生涯中最浓墨重彩的一笔。

雄安容西容兴高级中学是雄安新区容西片区汇聚各方优质资源高起点规划、高标准建设的首批新建学校，是容西片区最先开办的第一所高级中学。

新校舍、新气象，新起点、新征程。这天，对容兴人来说是具有里程碑意义的一天。

首次升旗仪式开始了。

国旗护卫队的身姿比往日更挺拔，五星红旗更加鲜艳。澎湃的国歌声激荡着每一个人的内心。五星红旗升起来了，越来越高，猎猎飘扬，带动着每一个人的心也跟着升起来了。

学生代表高一（6）班的王梓庆做国旗下演讲《修身立义

勤实践，盛世青年共圆梦》：我们容兴学子要把"小我"融入祖国的"大我"，努力成为志向远大、信念坚定的新时代青年，在实现中国梦的生动实践中放飞青春梦想。

容西教育体育专班校长蔡新为雄安集团城市发展投资有限公司容西事业部工程师孟令帅颁发"容兴导师"聘书。

雄安容西容兴高级中学向中国雄安集团城市发展投资有限公司容西事业部赠送了锦旗。

校长陈俊鹏以"新起点、新征程，以奋斗姿态向未来出发"为主题作国旗下讲话。大家看着这位家长一样的校长，他的白发根根闪亮，比刚来时更纯粹了。在致谢相关单位之后，他寄语容兴高中首届学生："要为未来的学弟学妹们展示文明的新标准，展现新时代容兴学子向上向善的青春作为，为推动建设雄安新区高水平教育贡献出容兴力量。希望同学们热爱运动、热爱阅读、热爱明天，遵守校规、爱护公物、注意安全，以'为中华之崛起而读书'为志向，积极向上，在最美的年龄为最纯的梦想尽最大的努力，为美好未来打好地基。"

这天晚上，陈俊鹏将学校搬家的照片和视频发给家人和朋友们。看着大家震撼的表情，听着声声祝贺与祝福，他由衷地笑了。心中的小船，鼓满了风帆。

迁到新校区四天之后，五一假期到了。这是陈俊鹏特意设置的时间，在五一假期之前搬过来，学习生活几天之后，一些隐身的问题就会在使用中无所遁形。这样他就可以根据问题的多少，来确定五一假期的长短，利用假期将所有的问题解决掉。这也就意味着，他是没有假期的，只会比平时更忙。和他一起并肩战斗在假期里的，有副校长任继华等校领导班子成员，有兼任办公室部分工作的音乐教师王可心等离雄安比较近的老师们。大家群策群力，查漏补缺，让学校各项设施更加完善。

暑假即将到来，容兴高中公众号发出通知：

容兴高中暑期共读营招募志愿者，招募对象为在校大学生。7月20日起开放学校阅览室、图书馆，提供给容西片区高中学生及家长、在读大学生一个学习的环境，推动书香家庭、书香校园、书香社区建设。

6月25日，容兴高中举办家长开放日活动。学校拟向新区三县招收新高一学生400人，家长们可以在开放日这天来了解情况。

讲解员由学校教师兼任。

"这是一号楼，有学生家长的接待室，就是服务室，你到学校里办什么事，在这个地方跟值班老师说，会给你记下来，及时办理。"

"旁边有医务室，卫生室。"

"这边二楼，我们起了个名字叫容新楼。兼容，求新。"

"这是我们的实验楼，一二三层，是物理、化学、生物实验室。"

"四楼，是综合教室和舞蹈房。非常漂亮。"

"五楼是教室。"

"后面一栋是专业技术楼，叫求真楼。"

"这是学校平面图。未来我们会做标准化考场，除了正常的教学编号以外，后面都会有一个编码。你看这个就表示这栋楼是四号楼，二楼，第5个教室。"

这样的介绍，就是外校的学生来考试，包括暑期共读营的朋友们来读书，都能够根据平面图，很快找到想去的位置。

报告厅里，学校教师轮流值班，结合各自学科实际，为家长们讲解学校培养全面发展人才的教育理念。

在学校各个角落徜徉，感受着无数暖心的细节，很多家长都注意到了，门口空地上的缸盆里，碗莲们的叶子已田田。有一盆长得最好的，荷叶挤挤挨挨，在最大的一朵荷叶旁边，正绽出一朵花苞。那尖尖的粉红花瓣还很嫩很小，但它在风中坚定地挺立着，生命的汁液汨汨流淌，似乎正在涌动着无穷的力量。这是继荷叶露出尖尖角之后，蓄势待发的更美的尖尖角。

橘井引泉人

路途的颠簸和莫名的心悸让她的头猛地一晃，一下子清醒过来。这是哪儿？我来这儿干什么？瞌睡了一路，她有点蒙。

"这儿是雄安，醒醒吧，我们快到了！"仿佛感受到她的疑惑，暮色中专心开车的赵育华辨别着乡间小路，对她说。

啊，雄安？环顾四周，她更蒙了，同时明白了自己心悸的原因。四下打量，小路两旁是一片影影绰绰的小树林。这可不是她在北京看惯了的那种景观树林。这种小树林和荒草一起，依托乡间野外不规整的大坑小坑衍生出来。没有人影，也没有别的车，只有他们这辆车小心翼翼行驶。隔着车窗，杂乱无章的树和草在暮色里扑过来。忽然一声鸟叫突兀地钻进车窗，她一哆嗦，这怎么跟恐怖片似的？

"赵总，你确定这是雄安？"

"对啊，我跟着导航走的啊。"

2019 年 9 月 18 日，袁辰梦初来雄安，是被吓醒的。

两天后的同一时刻，袁辰梦看到一则消息：

"人民网北京 9 月 20 日电（记者 鲍聪颖）今日上午，位于雄安新区的四个不同地块，同时响起了机器轰鸣声，这也预示着，北京援建雄安'三校一院'项目全部开工。'三校一院'项目是雄安新区启动区第一批启动建设的公共服务与民生保障项目，北京市以'交钥匙'方式全额投资建设幼儿园、小学、完全中学、综合医院各 1 所，建成后移交雄安新区，分别由北海幼儿园、史家胡同小学、北京四中、宣武医院提供办学办医支持。初步计划，幼儿园项目 2020 年下半年竣工，小学和完全中学项目 2021 年下半年竣工。医院项目包括一期北京市支持建设部分和二期雄安投资建设部分，2022 年年底竣工。"

她揉揉眼睛，连续两天没睡觉的紧张神经终于放松下来，觉得这一切跟做梦似的。

9 月 17 日晚上，袁辰梦接到通知，20 日要举行雄安宣武医院项目开工典礼。北京市发改委原计划要求开工仪式在 9 月 30 日，后来考虑到届时会有很多事忙不过来，临时决定提前十天开工。

还有两天！各种准备工作还没有眉目。

北京建工雄安宣武医院项目党支部副书记兼综合办公室主任，临阵受命，这个职务让袁辰梦的心头沉甸甸的。必须争分夺秒筹备起来！人员、机械、车辆、设备，她与项目部领导连夜紧急从北京协调、调运资源。9月18日下午，项目党支部书记、项目经理赵育华开车载着袁辰梦匆匆赶往雄安。项目部其他几位领导也火速赶来。有位领导从四川连夜开车往这儿赶，开了20个小时，2000多公里。

大家都被眼前的景象震惊了。

导航先到很小很简陋的容城县城，然后出县城向东，到了马庄村项目用地。放眼望去，一大片野地，全是树，还有悬挂在树与树之间号召征迁的红色条幅，密密麻麻的。除此之外，什么都没有，连一块砖都没有。

这种景象，90后北京姑娘袁辰梦只在影视剧里看到过。实际看到这样的荒凉，她感觉自己的心都凉了。就这，还有一天两夜的时间，就要举行雄安宣武医院开工典礼？

从1953年成立至今，北京建工打造了长安街及两侧80%的现代建筑，所谓"一条长安街，半部建工史"。畏难从来不是建工人的风格！

袁辰梦顾不上继续感慨，马上投入紧锣密鼓的筹备。

好在，荒凉的野树林有它的好处，拆迁阻力小，只涉及到几户，迅速搬迁腾退了。袁辰梦和项目部领导一猛子扎根雄安，争分夺秒，开始在刚刚拆迁的废墟、杂草丛生的荒地上画一幅大型综合三级甲等医院的宏伟蓝图。

雄安宣武医院项目位于启动区，规划用地约206亩，紧随国家战略，肩负为新区提供医疗、教学、科技、预防、保健、康复等服务使命。总体建设规模28万平方米，1200张床位，日接诊量达到4000人左右。医生批复事业编制2700个，中级职称以上专家、享受国务院津贴、院士等全部由北京宣武医院委派，其他医生护士面向全国招聘。届时，必将促进新区医疗水平的提升，提高公共服务水平，为雄安百姓造福。

待到杏林春满，我们是浇水人；迎接橘井生香，我们是引泉人！

想想这样壮阔而又温馨的前景，袁辰梦迅速克服最初的不适应，豪情满怀投入工作。管理团队到岗，技术人员到岗，第一批设备到岗，第一批建筑材料到岗！

18日，连夜奋战，19日，夜以继日冲锋！20日，雄安宣武医院项目开工典礼顺利举行。

人民网当天予以报道。

袁辰梦和同事们累得话都没力气说了，来不及欢呼庆贺，就都躺倒在临时合署办公的容城县大河镇政府办公室，昏昏沉沉睡着了。

看着远道而来的建设者们累成这样，大河镇政府的工作人员心里一阵酸热，他们是来为我们建设家园啊。大家挤一挤，腾出地方给北京建工用，分文不取。朴实的村民们也都尽己所能提供支持帮助。后来，北京建工将临时办公地点搬到大河卫生院，大河镇党委政府专程送来锦旗。地企共建在这里融进了温暖的情谊。

袁辰梦以为，开工典礼十万火急，等忙完这件事儿该放慢点节奏了吧？孰料，她高兴得太早了，这样的节奏在雄安宣武医院的建设中将成为常态。自从在那片将她吓醒的树林中挖出第一个基坑，打下第一根钢柱，雄安速度就与雄安质量并重，承载着"千年大计、国家大事"的殷殷嘱托。蓝图绘就，号角争鸣，北京建工集团发扬一贯的工匠精神、铁军精神，全力以赴打赢雄安宣武医院项目建设之仗。

有时早上八点到会议室开会，到下午五点钟，还没出过会议室。

早上五点半转工地，转三个小时，八点半吃早饭。饭后研究各个工序如何统筹安排，如何科学施工。忙到晚上十二点。早上五点起床，继续忙碌。

这就是袁辰梦和同事们的工作状态。

在新区，每天有效工作时间至少十五个小时以上，不算吃饭时间和路上时间。每天晚上十点多，所有的办公室全亮着灯，都在工作。晚上睡五六个小时就很幸运了，常常忙起来只能睡三四个小时。

这样的工作方法、工作强度和工作精神，袁辰梦是到了雄安新区才感受到的。这种模式从开始就提供了样板，保证了后续工作顺利完成。

在轻描淡写的数字背后，是每个建工人数不清的酸甜苦辣。

长相清秀可爱的袁辰梦是个生活上很精致的姑娘。以前她在北京市中心工作，环境好，条件也好——出门地铁、公交，商场、美食城，什么都有。天气热不出去，想吃什么，订个外卖，直接送到单位里。

工作之余，活泼开朗的她喜欢跑步，喜欢马拉松、越野跑。青春阳光，运动达人，她的身材令很多人羡慕。

自从来到雄安，她原本的生活一下子变得遥不可及。出门逛商场？村里只有小卖部。叫外卖？对不起，野树林只有麻雀光顾得最多。越野跑倒名副其实了，真正的田野、野外，却偏偏没工夫跑。其实也不用跑了，每天工地一日游，步数能雄踞朋友圈榜首。

几个月后的一天早上，袁辰梦起床要去工地，突然发现自己站不起来了。她难以置信地看着自己的腿，肿得很高，特别疼，怎么尝试都不管用，就是站不起来。不对呀，就算是累了，也不可能动不了啊。她赶紧打电话联系医院，预约拍片。

容城的医院哪见过这种疑难杂症。做了核磁，不知道进一步怎么检查，更不知道可以有什么样的治疗方案。没有准确的鉴定结果，大夫就觉得很严重，猜测可能是不好的病，怕是一辈子都要坐轮椅。

可我还不到三十岁呀！袁辰梦心中崩溃，眼睛却透出坚毅镇定的光芒，不行！一定要治好！

从医院出来，她给项目执行经理吴永万打电话告知检查情况。电话一通，面对一起攻坚克难的同事，她所有的坚强迅速瓦解，声音哽咽："吴总，以后我可能不能工作了。""别怕，赶紧到北京去看看！"吴永万坚定有力的声音莫名给她注入了力量。

项目经理赵育华接到她的请假申请，急了："你马上去北京检查，我找个人照顾你。"她鼻子一酸，差点掉下泪来："不用不用，大家都这么忙，我自己可以。何况疫情管控，医院不让陪护呢。"赵育华拗不过这个倔强的姑娘："有什么事情必须第一时间给我打电话，我来给你解决。"

马上转北京积水潭医院，大夫一摸，就知道是什么，说这个病很罕见，但没事，立即动手术，很快就好。

2020年，袁辰梦半年之内做了两次手术，膝盖取出了一块软骨。怕家人知道了反对她在雄安工作，她一个人在北京，一个人做手术，没跟家人说。

身为一个女孩儿，她在家里也是娇生惯养的。独自进手术室、独自承担压力、独自克服行动不便的困难……她经历了很多人生中的第一次。但她不孤单。同事们的关心问候快将手机挤爆了。暂时离开争分夺秒的建设工地，她脑子里还满是雄安宣武医院的样子。这次生病让她对在雄安建好医院有了切身的实实在在的巨大触动。为什么要加快医院建设速度、提高医院建设质量？承载着"千年大计、国家大事"的雄安，全国各地人才和建设者的健康是基础啊，还要为当地默默付出的老百姓解决看病难、挂号难的问题。

雄安宣武医院项目作为雄安新区建设的第一所大型综合三级甲等医院，建成后将作为启动区的区域医疗中心，同时承担着疏解北京非首都功能的重要使命，助力京津冀协同发展。

想到这些，她心里涌起一种自豪感。将来，提到雄安宣武医院，我干过，我骄傲。现在，这里就是我家，我要把我家的事情干好。

做完手术一周后她就回项目复工了。挂着双拐，坐着轮椅，仍然穿梭于建设工地。

袁辰梦觉得，自己经历的这些都不算什么。在北京建工，有很多人都是学习和工作的榜样。

2020年底，项目部从大河卫生院搬进四间集装箱房子。没有空调、暖气，四个油汀的电暖气、三张办公桌，项目部就这样一点点搭建起来。由几个人到十几个人到六七十人，队伍也一点点壮大起来。

赵育华本来头发很黑，来雄安之后，很快斑白。每天睡三四个小时，早上三四点，就能听到他打电话协调项目上的事情。他本来是个很顾家的人，但到了雄安，就完全顾不上了。妻子在家照顾两个孩子，孩子胳膊摔伤了，给他打电话，他也没办法回家去照顾。

项目劳务管理负责人李茂鹏是个名副其实的老黄牛。他的电话永远24小时开机，不仅领导，工人打电话也立马就接。有天半夜，工人打电话，方言，互相听不懂。好容易才弄明白，原来工人不知道从哪儿打灰、接货，不知道问谁。他二话不说，立马联系解决。

有一些老同志，从国外赶回来投入雄安建设。结果发现，在国外回不去家，到了国内还回不去家。

试验室有位老同志，每天送试块，被大家亲切地称为"倔老头老锁"。有天晚上他肾结石犯了，疼得整夜没睡，熬到天亮去医院打了针，身体还发着烧，就赶紧回到项目急匆匆打印送验表，独自驱车去试验室送试块了。

项目招了一些当地员工，为新区就业提供了机会。年轻的当地员工离家近，家里小孩一岁多，也顾不上回家。

很多人没几个月，就瘦了十多斤。

袁辰梦手术后却胖了，昔日的健身达人坐了很长时间轮椅，等到能站起来了，也只能慢慢走，不能跑不能跳。

　　　　　　　　　　　　　　　　生　长

一座医院，一群铁人，一火车讲不完的故事。

2021年7月18日10点18分，随着最后一泵混凝土的浇筑完成，雄安宣武医院二期项目全面冲出正负零，标志着医院项目全面进入主体结构施工阶段。

2021年8月2日，一期主体结构封顶。

新入职的95后漂亮小姑娘阎鹏羽任项目综合办公室职员兼项目部团支部书记，被早她一点参加工作的刘世昌调皮地唤作"小阎姐姐"。她就回敬一句"小刘同学"。阎鹏羽第一次去项目部，刘世昌带路，走在坑坑洼洼的泥水地上。"小阎姐姐，你千万不要踩这块板。""小阎姐姐，你注意一下脚下。""小阎姐姐，你看这个地方特别好。"……没几天，刘世昌就被工地上的钉子扎脚了。去医院打了破伤风针，第二天，他绑着绷带，穿着拖鞋，一瘸一拐地从楼上蹦下来。就这样单脚跳，坚持负责拍照、采写所有的月报、周报，风雨无阻。

这群姑娘小伙们刚到项目还是面部白皙的少年，天天下工地，日晒风吹，脸庞很快就变得黢黑，唯有安全帽的带子下还躲藏着一缕白。

2021年8月，阎鹏羽刚入职没几天，项目就经历了河北最强降水。当时正是深基坑作业阶段。基坑的水半个多小时就到小腿那么深了，工程有危险！当时已是半夜十一点半，项目经理赵育华、生产经理魏统兵、项目工程部部长周忠华，纷纷冲出来，在楼道里喊："没睡的都起来，男同志都出来，党员同志都站出来！"

片刻，纷繁的脚步声急匆匆响起来，党员出来了，小伙子们出来了，姑娘们也出来了。雨具没披，伞也没拿，雨鞋什么的都没有，大家直接就往现场冲。装沙袋、扛沙袋。风雨太大，人的声音听不到，就是靠默契，一眼看过云，就知道自己要做什么。两个多小时后，雨渐渐小了，应急防汛工作胜利了！回到办公室，第二天大家腿都站不起来，因为当时水很凉，一直泡着腿；嗓子也都喊哑了，说不出话。

项目落地最后还是要靠每一个工人。工人们打灰，浇筑混凝土，什么时候验完什么时候打。晚上十点半验完，马上开打。凌晨两点半验完，也马上开打。

雄安宣武医院计划设计绿化带作为隔挡，多留余地，不筑高墙，救护车、私家车从四面八方都可以进入医院。医院建设要高标准、高质量，更要按时交付。

每天，红色突击队旗在施工现场一线高高飘扬，这支平均年龄32岁的队伍里，党员同志们、青年同志们冲锋在一线，突击在前方，形成现场近千人作业的火热场面。

女生宿舍离现场近，袁辰梦和阎鹏羽半夜总能听见轰隆声，还有说话声："车到哪儿了，到哪儿了？""你从南门进，过地磅，你从地磅开过来。"

伴随着这些习以为常的景象，2022 年 11 月，雄安宣武医院二期（新区投资建设部分）顺利封顶。

"到医院建成以后，我们再回到这里，没有人认识我们，但我们的感触是不一样的。很久以后，我们带着我们的孩子来到这个医院，孩子问这里是干啥的，那里是干啥的？我们会讲给他们听，这些都是我们心里的故事。"聊起将来的幸福场景，袁辰梦和阎鹏羽都笑了，但心里酸酸的，想哭。她们和奋战在这里的每个人的故事，是杏林春满之时浇水人的故事，是橘井生香之际引泉人的故事。

路边的糖果

入冬以后，天黑得格外早。河北雄安新区容西建设工地的长臂塔吊上次第亮起灯光，很快闪烁成一大片。此时若从津雄高速路过，隔着车窗举起手机拍视频，直到把手举酸了，无数璀璨的灯光射线还在迅速后移，就像一场上了彩妆的流星雨。

把星空一样的美景种在雄安大地上——来自祖国四面八方的雄安建设者们怀揣的种子正在发芽。24小时日夜开工，歇人不歇机器，浇灌，浇灌……到处是汗水，是密集的劳动号角。忽然，一阵嘈杂声响起，工地一角的工人生活区里，刚从工地下来的工人们脸上滴着水、头上堆着洗发水的泡沫纷纷从宿舍里跑出来。"怎么回事？怎么回事？""怎么又停电了？"

听到生活区停电的消息时，容西片区E单元安置房及配套设施项目E标段（以下简称容西E标段）常务经理李俊刚

生　长

吃完晚饭，正想眯一会儿——前一天晚上他一夜没睡。今年40岁的李俊22岁大学毕业来到北京城建集团，在所有干过的项目中，雄安项目工期最紧。

容西E标段86栋楼，总建筑面积83.96万平方米，工期524天。从开工到精装交房，一共524天，时间精确到个位数，李俊只在雄安才见到。别的城市3年甚至5年才干完的项目，雄安一年多就要干完。这就意味着，工程各阶段都要无缝衔接。作为总包单位，北京城建要去协调所有分包的事情，机电队伍、外装队伍、精装队伍……，材料、现场、交通条件……，千头万绪。

李俊前一天晚上协调的是关于路网的事情。这边路面正在混凝土浇筑，那边要马上进材料，只有一条路，大半夜的，司机急得一个劲儿摁喇叭。李俊刚开完一个调度会，赶紧跑到现场，先安抚司机，再去查看路线。他深知，这样的小事如同蝴蝶翅膀的一个小小扇动，一个环节窝工了，会影响接下来的施工衔接；一处衔接又会波及更多的衔接，最终造成工期拖延，那是绝不允许出现的后果。睡眠，必须给这样的"抢险"让道。最终给进材料的车开了一条临时路，事情解决了，天也亮了，李俊又被各种电话催着不停地跑工地。

和工地上十万火急的事情相比，工人生活区停电似乎不影响工期。李俊却在听到消息的那一刻睡意全无，马上爬起来，习惯性地开灯—— 一片漆黑。指挥部宿舍也停电了。项目上的办公区和住宿区，用的电都是临时电，不像家里的电那么稳定。停电了，灯黑了还在其次，主要是工人的空调用不了，这一夜冻感冒了怎么办？李俊顾不上自己宿舍的电，打开手机电筒，一溜小跑往工人宿舍区赶。路上他接了家里一个电话，又马上打出一个电话，脚步不停地赶到停电区域。看到他，嘈杂声平息下来，工人们都安静了。虽然李俊不是电工，但有他在，所有的工人都像吃了定心丸。在一片手机的电筒光中，李俊额头上的汗水滴滴闪亮，胸前的党徽闪着小小的红红的光芒。

此时的北京，入夜之后，全城璀璨生辉。居民楼里，一扇扇窗子都是一幅幅家园的画，一盏盏灯光亮着一个个等待的希望。在一处郊野公园附近，有一个幼儿舞蹈学校，傍晚，孩子们纷纷跑出来，个个鲜嫩嫩圆润润的，身上缀着亮片的舞蹈服一闪一闪，如同一片星星映在夜色的湖面上。三岁的糖果一眼就看到了门口的爷爷奶奶，奶声奶气地呼喊着飞奔过去。

祖孙三人来到路边，糖果的手里多了一串红彤彤的糖葫芦，她开心地笑道："我最喜欢爷爷奶奶啦！这要是爸爸妈妈该不让我老吃糖了。"爷爷笑眯眯地抱起孙女，奶奶说："你爸爸妈妈也是为你的牙齿好呀，糖果最乖了，咱就吃一串。"三人站在路边，冬夜的寒气渐渐浓重起来，爷爷忍不住给糖果的爸爸打电话："刚才不是让你叫了网约车吗？现在到哪儿了？哦哦，好的，你忙吧，我给司机打电话。"老人对网约车不熟，始发地、目的地、车型……注意事项太多，学了也容易忘。

"爷爷，爷爷，"糖果一手晃着糖葫芦，一手摇着爷爷的袖子，"您就跟那个司机叔叔说，让他往路边开，看到一个举着糖葫芦的小姑娘，停下就行啦！"爷爷还未及搭话，电话那边司机爽朗的声音传来："好嘞好嘞，小姑娘，你真聪明！放心吧，我肯定第一眼就能看到你！"

路边的两个年轻人听到了，惊奇地看向糖果："这小姑娘才多大？真聪明！"奶奶自豪地说："三岁！我们糖果的爸爸在雄安做工程，妈妈也忙，糖果就是小大人儿！"糖果得意极了，晃着手里的糖葫芦甜甜地笑，那串红红的圆圆的山楂裹着一层晶莹剔透的糖衣，在灯光下闪着温柔甜蜜的光。

等到把工人生活区的电送上，李俊松了一口气，已经被忘记的困意又潮水般涌了回来。他深一脚浅一脚往自己的宿舍赶。忽然想起老父母和三岁的女儿，坐车顺利吗？到家了吗？他急忙拿出手机，微信上"平安到家"的消息让他松了口气。再一看时间，正是他火急火燎打电话协调送电的时候。他揉揉酸涩的眼睛，心说这要是自己能接送孩子多好。不知道两条腿是怎么倒腾着回到宿舍的，李俊模模糊糊地想，今天的步数肯定超两万了。

宿舍里一片漆黑，他已经再没有力气管自己宿舍的电了，放心不下地又看看微信，媳妇儿平安到家的消息让他硬撑着的眼皮终于再也撑不住，山一样沉重地盖过来。勉强划拉了几下手机，定了早五点的闹钟，他衣服都没脱，倒在床上沉沉睡去……

一道刺目的闪电划过，炸雷随后震得耳膜嗡嗡响。城市主干道和很多建筑都被水淹了。城里地势西高东低，正在施工的城东大剧院，水势最凶。施工场地一片汪洋，工人个个都像小蚂蚁，只想找片树叶漂出去。最惨的是地下室，全都是机房，水压大得直接就把管线冲开了，水哗哗地往里面灌。

李俊蒙了，这怎么弄啊？

值班领导李文保一看水势，二话不说，从地下十五米连颠带跑爬到楼上，扛起一袋五十斤的水泥沙袋。黑咕隆咚看不清楼梯，他扶着墙一点一点往下走，到地下室去堵。李俊一看，领导都这样往前冲了，咱这帮小年轻啥也不说了，跟着干！整整忙了一宿，累得浑身骨头缝儿都疼，直接躺在潮湿的地上一动不想动。

不对呀，这明明是站在楼顶上呢，哪来的水？这是几层？离地面太远了，这楼顶还是坡屋面！李俊一阵眼晕，身子晃了晃，脚下就要打滑。"别往下看！"一只大手拉住他的胳膊，亲切沉稳的河南口音让他的身体稳住了，心也稳住了。

"往远处看，"刘师傅指着一大片安置房，"拆迁的老百姓能不能住上好房子就看我们了！"李俊看着拔地而起的笋芽般的一大片房子，心说，这要是自己的房子，我该希望怎么盖？这样一想，顿感肩上的担子有千斤重，脚下也越来越稳了。

"现在我不仅能爬楼顶，我还能爬脚手架呢！这些年我从技术员、质量员、工长，一点点干起，什么斜坡都不怕了，也不恐高了。我能爬上雄安容西片区最高的塔吊，去看86栋楼施工情况……咦？师傅呢？"高高的塔吊上，只有他一个人。放眼望去，前面迎风招展的红旗上几个金色的大字如雄鹰展翅，扑啦啦直响："北京城建集团工程总承包部李俊青年突击队"。这几个字那么轻盈又那么沉重，他想告诉保总（李文保），想告诉刘师傅，自己也像他们一样，练就了铜肩铁臂，能够扛起这几个字，也能够托举这几个字。

…………

还没等李俊找到保总和刘师傅，手机铃声突兀地响了起来。他被惊醒了，身体剧烈一颤，感觉一下子从塔吊上掉了下来，心里咚咚擂鼓。赶紧稳了稳心神，睁开仍然沉重的眼皮，他看清了自己在容西 E 标段项目指挥部的床上，多年前邯郸大剧院项目施工时那场暴雨、北京海淀区的坡屋面安置房，迅速从脑海里退潮。

手机铃声锲而不舍地催促着，他急忙从枕头边抄起手机，一看，是媳妇儿打来的。"闺女发烧了！"

糖果烧得迷迷糊糊的，看到妈妈在身边，吃力地转了转头，又看到爷爷奶奶，她喃喃地说："爸爸，爸爸……"妈妈一手按着她头上的凉毛巾，一手举起手机给她看微信："我给爸爸打电话了，把你的照片发给爸爸了，他说马上往回赶。"

高速路上的李俊归心似箭。微信里女儿输液的照片揪着他的心。三十九度六！他觉得自己的心都跟着烧起来了。有多久没看到过孩子了？记不清了。一个多月能回次家就是间隔时间最短的。如今女儿三岁了，三年里，自己陪她的时间满打满算到不了三个月。有时能回北京开会，就是最幸福的事，可以回家看一眼女儿。有时会议时间实在紧张，家人就带孩子来会场附近，会议结束时见上一面。

自从进入北京城建，他就知道自己选择了全国各地的辗转和坚守。为此，根本没有时间谈恋爱，也不敢早结婚，直到拖成了大龄青年。如今，40 岁的他，孩子才三岁。来雄安之前，他在昆明干一个项目。2019 年国庆节之后三个月没回家。等到春节安排所有人回家之后他才回去，一家人团聚没几天，他就又飞回昆明。忙到 2020 年 10 月，终于圆满完成昆明项目。回到家，女儿又长高了一些，看着他的眼神却是陌生的，探究的，已经认不出他了。他心里酸酸的，抱着女儿不离手，想着要好好补偿女儿，多陪伴几天。听着爸爸讲怎样把一大片空地变成各种各样威武漂亮的房子，像变魔术一样，女儿挥舞着小手欢呼："哇，爸爸真是个超人！"

刚团聚了没两天，"超人"就接到通知建设雄安。妻子火了："刚回来又要走？听说雄安的项目特别忙，你就不能申请换个地方，管管孩子？"女儿拉着他的手，仰起小脸巴巴地看着高大的"超人"爸爸。他心一软，蹲下来抱起女儿："爸爸跟领导说说，看能不能换个地方变魔术。"他翻开手机通讯录，找到总经理罗岗，想起罗总一年到头奔波于各个项目，手指犹豫起来，按不下去；再找到总指挥朱兔根，想起朱总严重肺炎咳个不停还在项目现场坚持，宁可请北京专家来雄安看病都不回家，手指仍然按不下去。感受着妻子和女儿期待的眼神，他假装又翻了会儿通讯录，实在躲不过去了，才艰难地张口："雄安是国家级新区，很多人想去还去不了呢，大家都说去雄安是去镀金呢。而且雄安离北京近，回家很方便，我会经常回来的。"

现在，来雄安一年多了，他可算明白了，离得近更回不了家，镀金先要渡劫啊。

北京这一波流行性感冒来势汹汹。糖果有过敏性鼻炎，容易引发支气管感染，稍微有一点温度变化，一着凉就容易发烧。妈妈照顾高烧不退的糖果，一夜没睡，第二天早上也发烧了。下午，爷爷奶奶也都发烧了。妈妈又难受又着急，不停地给糖果爸爸发微信，告知他家里已经全都是病人。

李俊看看路标，从雄安开出来一半路了。雄安离北京真的不远，新建成的京雄高速更是将两地之间的车程从两个半小时缩短到了一小时。京雄高速途经雄安新区容东片区。2020年10月份，李俊初到雄安，接到的第一个项目就是容东B1组团安置房工程，建筑面积达141万平方米，共121栋楼。要求精装交房，工期一年。李俊在昆明干了5年，项目建筑面积137万平方米。建筑规模差不多，时间却成倍压缩，压力大得像一把达摩克利斯之剑悬于头顶。

容东B1组团项目实行分区管理，网格化管控，项目部每人管着二十多栋楼。二十多栋楼啊，哪有时间回家？一个萝卜一个坑，自己回家了，工程怎么办？来雄安之前答应的经常回家，变成了几个月、半年、一年都没空回家。每

生 长

天天不亮他就被电话催醒，天天忙到都没感觉了。工程与家庭是无法平衡的天平，他就像一只飞出家庭天空的风筝，微信视频成了雄安与北京之间牵着风筝的那根线，他却越来越害怕打视频。因为视频里，女儿会伸着小手要爸爸抱："爸爸你是要回来吗？"他要用上最大的控制力，忍住不争气的泪水。有时凌晨才能躺在床上，看看女儿的照片，亲亲照片上女儿肉嘟嘟的小脸，他恨不得马上飞到女儿身边。想起女儿在电话里说："爸爸你老不回来我都忘了你长啥样儿了。"他难过得心都揪起来了。无法照顾老人，见不到女儿，妻子也生气，要不就考虑换个工作吧？地球离了谁都转！可是往往夜里思来想去鼓起的勇气，早上看到同事们，看到雄安的工地，就又动摇、瓦解了。雄安大规模建设正是需要人的时候啊。

闺女，等着爸爸，爸爸就快到家啦！家门越来越近，女儿的身影就在前面。突然，突兀的电话铃声响起，打断了他的思绪。紧急会议通知。

挂断电话，李俊怔了几秒钟。车还在继续往前开。北京家里女儿输液的照片。雄安容西建设工地。输液照片，雄安工地。工地，照片。照片，工地。怎么办？伴随着轮番快速切换的两幅景象，记忆深处保总和刘师傅的身影又一点点浮现出来。几秒钟后，他咬咬牙，一打方向盘，向着最近的一个下道口驶去，旋即，从另一边又上了来时的高速，折返雄安。

急匆匆来到项目部办公楼，李俊莫名燥热，脱掉外套，他一眼看到上面佩戴的党徽。柔和明亮的光芒轻抚着火烧火燎的心，他镇静下来，大踏步进入会议室。

项目书记杨崇学看到李俊，感到很奇怪："你不是请假回家了吗？"李俊迅速调整好状态，坐到会议桌前："我开到一半又回来了。"杨崇学深深地看着他，什么话也没说，宣布开会。

会后，李俊马不停蹄安排部署会议内容。好不容易回到宿舍，杨书记正站在门前，拦住他："你马上回家去。这儿的事有我。"李俊鼻子一酸："书记，您的老父亲还正在做手术呢！"杨崇学一边揽着他的肩膀往楼下走，一边说："我父亲有我妹妹在照顾。糖果可只有你一个爸爸！"

北京。糖果终于退烧了，她从迷迷糊糊中醒来，一眼看到俯身盯着她的爸爸。她以为自己在做梦，揉了揉眼睛，看了又看，突然哭了出来："爸爸！爸爸！"李俊抱住女儿，轻轻拍抚她小小的柔软的后背，心里波涛汹涌，嘴上却笑着说："糖果不哭，你最棒啦！"

退了烧的糖果在爸爸的陪伴下吃了很多东西，很快活泼起来，又开始满屋子跑着玩了。奶奶见了，招呼糖果："来，

　　　　　　　　　　　　　　　　　生　长

该洗脚了。"李俊急忙走过去："妈，你不要管了，让糖果自己洗。""那怎么行，孩子还这么小，又刚刚退烧。""那我来吧。"李俊接过母亲手中擦脚的毛巾，抱过糖果，看着母亲去厨房了，他将毛巾递给女儿，小声说："糖果，你不是常说爸爸是超人吗？你想不想当超人呀？""想！""那我是大超人，你是小超人。小超人当然会自己洗脚啦！小超人自己的事儿自己做，要做出榜样，将来还要超过大超人呢。"

糖果一听，眼睛亮晶晶的："真的吗？"她乖乖地伸出肉乎乎的小手自己洗了脚，自己擦，然后颤巍巍端着洗脚水去倒。迎面碰上从厨房出来的奶奶，她咯咯地笑着："奶奶奶奶，自己的事儿自己做，看，超人来啦！"李俊眼睛潮湿了，多久没见到过这样的画面了？

2020年底，春节将近，来雄安之后还没回过家，李俊盘算着要利用假期好好陪陪家人。不料，河北石家庄藁城突然暴发严重疫情。雄安距离藁城不到200公里，此时，数以十万计的建筑工人投身雄安建设大潮，疫情一旦蔓延，后果不堪设想。阻止疫情最好的办法是阻止人员流动。回家团聚的渴盼像咕嘟咕嘟滚开的水顶起了壶盖，李俊真想放下这里的一大摊子事，不顾一切奔向温暖的家，去抱抱女儿。他手里拿着笔，看着墙上的雄安地图出神。"爸爸，我是小超人！"糖果在叫他，地图渐渐模糊，似乎已变成了家里的客厅……"不行不行，为什么限制我们？"项目部大门口传来一阵嘈杂的争吵声，他急匆匆跑过去。几百个工人中间，朱兔根刚赶过来站定，正抄起大喇叭喊话："当前疫情形势，回家才是对家人不负责任！大家放心，我们项目部二作人员都不回家，多近也不回家，陪大家一起过年！"寒风中，朱兔根咳个不停。李俊心头那壶烧开的水还在咕嘟咕嘟往外冒，他按了按发疼的心口，大踏步上前，接过话筒："春节期间，咱们饭菜加餐，一起吃年夜饭，一起包饺子，一起开联欢晚会，大家说好不好？"

回到办公室，墙上的雄安地图又在他眼前清晰起来，不远处的北京，快速发展建设的祖国，都跟着清晰起来。最终，B1组团是容东安置房项目交房最快、最多的组团，接着，北京城建集团中标容西片区建设，李俊随即转战容西 E 标段。

2021 年最后一天，李俊在容西 E 标段给工人们的节目热烈喝彩的时候，北京郊野公园附近的舞蹈学校里，糖果正在参加年终比赛，曼妙可爱的舞姿赢得评委们阵阵掌声。爷爷奶奶来接糖果，她不要爷爷抱了，蹦蹦跳跳来到路边，熟练地朝公交站牌走去："爷爷奶奶，咱们坐公交。爸爸说我是公交小能手，我还是小超人。爸爸这个大超人在建设雄安呢，可忙了，不让他叫网约车啦！"

爷爷奶奶牵着糖果，看向雄安的方向，那里儿子在建的楼层正在长高；再看看身边，糖果也在长高。

2022年元旦当天，北京容西E标段的早会在升旗之后召开。这是每个月都要开的会，总结上个月目标完成情况，布置本月任务。

杨崇学主持会议，每天只睡三四个小时的他神情中透着明显的疲惫，声音却是一如既往铿锵有力："这是新的一年第一个会议，是动员会，更是冲锋号。"

李俊部署具体工作，他关掉手机上糖果的照片："我们是一支铁军。去年这个时候，容西还是一片荒野。今年，86栋住宅楼如期封顶，二次结构按时完成，铁军精神，正从我们骨子里透出来。但我们还有很多任务，包括地暖、大小市政等。还有半年就要交房了，工期多紧不用再说。今天是新年起步的第一步，别人可以休息，咱们不能休息；别人可以放假，咱们不能放假。"

指挥长刘占宝发言："别的，就不多说了。过节了，回头都给家人打个电话，道一声节日祝福，道一声平安，还要道一声歉意。"他手上还挂着吊瓶，因吃药不及时，血糖又高到23了，住院输液却总是从医院溜号。

元旦过去了，春节过去了，春天来了。为了如期交付安置房，让雄安回迁群众尽快住上新房子，容西工地昼夜不停地赶工。

2022年植树节之后的一个周末，一场春雪飘飘洒洒落满雄安，穿庭树，作飞花。容西E标段小市政建设种植的树木很快琼枝碎玉，雪花滋润着枝条上越来越饱满的春芽。李俊一边巡查工地防潮措施，一边接妻子的电话："你不加班啦？好，好。跟糖果等公交？注意保暖。糖果坐公交很熟练啦？那太好了。家里辛苦你了。"

走着走着，前面竖起几个大字。一层薄雪落在字的凹槽里，红色边框托着雪花，那几个颇有些高度和厚度的大字此时也像开了花一样，呈现一种红白相间的喜庆的美。他一边打电话，一边盯着这几个字，忍不住念了出来："不忘初心，牢记使命。""什么？"妻子问。"没什么，我这会儿站在旗杆下，台阶上有几个大字，红字染雪，很漂亮。"

生　长

种云记

变幻无穷的数据，炫彩如梦的光影，快速旋转成一个蓝色星球，几个大字闪烁其上："蓝图绘就，数字雄安。"恢宏壮阔的楼宇影像之中，繁星样的光斑簇拥着无数的"0""1"光点飞速上升，汇成水线一样的光流，扶摇直上，旋出一圈圈圆形光幕，随后生长出一朵云的轮廓。这轮廓越来越清晰明亮，终于长成丰盈饱满的云。2023年4月25日，雄安城市计算中心崭新亮相，这是其内部形象化影像。六年来，从零长起的云上雄安，与一位巾帼干将密不可分。

北京科技大学博士毕业、就职于中国电子科学研究院的黑龙江姑娘梁智昊，在雄安新区设立伊始，就被单位委派支持雄安建设。初到雄安，她被眼前的景象震惊了：这个小县城只是个"皮儿"啊，马路两侧是并不高大的楼，楼后面全是低矮错落密布小巷的城中村。彼时，新区管委会临时设在容城县奥威大厦，还没有正式的职能部门。梁智昊在协同组，参与构思雄安新区智能城市建设框架。在"一张白纸"上打造全球领先的数字智能城市，是雄安"高点定位"之所在。

创业期，人手少、任务重，梁智昊白天晚上都要开会与同事们讨论各种设想和方案。深夜回到小宾馆，匆匆回复男友的信息，顾不上美容护肤，顾不上打理长发，抓紧查资料、做计划。常常忙到凌晨，困得直接倒在床上就睡着了。有几次突然惊醒，发现自己趴在宾馆简陋的小桌上，浑身酸痛。

周末回家，退房，再重新找住处。换来换去，都是以前从未见过的小馆子，因陋就简，麻雀一样灰扑扑。

6月份，梁智昊结束初期支持任务，回到北京。

9月初，她调整好身体状态，黑眼圈消失了，秀发也有光泽了。周末，她和男朋友外出旅游，路上接到领导电话，说："马上要报名单了，你要不要正式借调，留在雄安？"梁智昊看看男友，想着即将到来的婚期，脑海里迅速闪过容城县城的小超市和小宾馆，但转瞬又被前期工作时设想的智能城市前景所吸引。那就去看看吧，借调结束还能回去呢。此时的她万万想不到，借调要持续到2019年底，两年多与雄安朝夕相处，会给她的人生带来怎样的影响。

再次来到雄安，她与同事们一头扎进雄安新区智能城市专项规划的制定、修改与完善。把数字城市规划写入规划纲

　　　　　　　　　　　　　　　　　生　长

要中，超越了很多人的认知，没有任何经验可借鉴、无任何规章可遵循。为了让雄安建设不留历史遗憾，梁智昊紧扣新区"适度超前"的目标，探寻其他城市智能化建设经验，摒弃实验室里未经检验的理论和科技，采用国内外已有初步成效但还未推广应用的研究成果。她发现，发达城市拥有成熟的基础设施，其物理城市已完善，数字城市建设更多的是把数字及智能化内容和应用叠加到城市中，省时省力，迅速满足具体需求。比如路面及附属设施已建好，需要交通监控，在灯杆上加装摄像头和传感器即可。然后是公安、应急……各有各的需要，城市的灯杆如同树上落满了麻雀，密密麻麻的智能设备，分属不同网络系统，彼此独立，互为数据孤岛。灯杆不够了，那就再竖一些。很多城市道路，不到十平方米区域，竖七八根杆是常态。

这样的数据孤岛不能出现在雄安！梁智昊脑海里渐渐浮现雄安智能城市规划的理想蓝图：物理城市与数字城市同步建设，从源头上打通数据孤岛，建设智能基础设施和感知体系、发展高效便捷的智能应用，构筑自主可控的网络安全环境。建筑、交通、公园、绿地、水系……在建设之初，便形成与之"孪生"的数字化建模。

为了绘好这幅蓝图，梁智昊全身心扑在工作上，浑然不觉已一个月没回家。婚期到了！而且早就计划出国度蜜月。想起无数个花前月下，她和男友甜蜜地憧憬着，北京有十天婚假，可以去法国体验浪漫之都，再就近到瑞士欣赏明信片般的风景。最后发现，在雄安建设面前，那都是想象。别说出国了，连北京都没出，连婚假都没休。10月5日，梁智昊匆匆忙忙结完婚，立刻回到了雄安。

除了自己的专业领域，梁智昊还要与其他团队交互碰撞。一张白纸好画，但大家多支画笔一起画，画乱了怎么办？生态雄安方案里肯定要有信息化的东西，那信息化在交通领域、地下管廊应该是什么样的……这就要和生态、基建等团队碰撞。

团队内部也有争论。当时，有的新技术刚刚研发出来，比如区块链，有些专家很犹豫，要不要写进规划里。大家展开了激烈的论证。梁智昊力推这项新技术落地雄安：作为分布式的共享账本和数据库，区块链具有去中心化、不可篡改、全程留痕、可以追溯、集体维护、公开透明等特点。其丰富的应用场景，能够解决信息不对称问题，实现多个主体之间的协作信任与行动一致。这些特点和优势，对新生的雄安，都大有裨益。像这样的论证每天都有好几轮。最终，经过上百次小修、20多次颠覆框架的大改，梁智昊带领团队助力雄安新区成功获批区块链国家综合试点城市，搭建全国首个城市区块链底层平台，推动形成涵盖3大类12方面200余项标准的智能城市建设标准框架，得到多位国内顶级专家高度好评。

2019年，借调期满，梁智昊面临去留选择。留在雄安，意味着要放弃北京的高薪，放弃稳步上升的前途，还要与丈夫两地分居。

四年后的今天，谈起当时的选择，梁智昊眼圈红了，声音哽咽：“我也舍不得北京，舍不得家啊，很想回去。可当我想到两年来的日日夜夜都在陪伴着雄安，突然有一天，它的成长与我再也没有关系了，我就忍不住难过、失落，我觉得我会抱憾终生的。”最终，还是这份情感战胜了自己，她留在了雄安。此时，新区管委会已设立相关职能部门，入驻“雄安基建第一标”——市民服务中心。梁智昊正式入职雄安新区改革发展局，为一级业务主办、信息组组长。

与此同时，雄安大规模建设开始了。

2019年9月24日凌晨2时30分，挖掘机、炮车、雾炮车等工程车辆轰轰隆隆驶离了雄县昝岗镇关李马浒村，村里175户农房已全部拆除。还没等村民们发愁补偿款怎么办理，梁智昊已经联系征迁指挥部门、财政、银行等多方，通过区块链技术实现了征迁款“秒付”。村民们看着银行卡上突然增长的数字，感觉跟做梦似的，惊喜不已。

首批六个征迁村拆除后，雄安昝岗组团数字道路项目开始规划建设。

数字道路是全国第一次，里面又有无数个小的第一次，要解决无数个新问题，出很多个新标准。梁智昊设想中的电线杆是多功能智能信息杆柱，藏着一座城市的智能密码，被同事们亲切地称为智慧灯杆。她手握激光笔，给大家展示、讲解："它是路灯，同时也是座椅；它可以发射5G信号，也可以一键式报警；它能提供多媒体显示屏和广播，还能辅助交通调度指挥和行政执法；它可以根据环境和天气情况自动调节照明强度，还可以对城市环境相关指标进行实时检测。"

这么多功能，又不能成为"麻雀杆"，这就要打通数据孤岛。说来容易做来难。先把各家需求汇总，参照最高标准，从设计图上往下摘。假设一个灯杆上有十个摄像头，刚开始研究可能剩余八个。再研究，摘到四个。再研究，看能不能更少点。要反复论证其合理性，是否影响重要部门运行；若强行整合，会有什么后果。

有人不理解，工期这么紧，差不多得了，不好看跟你有什么关系，资源浪费跟你又有什么关系。

梁智昊也很累，很焦虑。每天晚上她都觉着，今天马不停蹄把所有问题都解决了，终于可以睡个好觉了。可第二天早上睁开眼，又一堆新问题出现了。她带领团队在摸索中前进，一轮轮修改技术路线、调整设备参数、优化网络方案、精准细化概算……每天休息时间不足4小时。

正在攻坚克难的关键节点，梁智昊接到家里电话，姥姥去世了。她一下子蒙了，眼泪瞬间糊了满脸。从小在姥姥家长大，姥姥是她最亲的人。她总想着等昝岗数字道路建好了就回家，让姥姥看看她在雄安的工作成果。没想到，姥姥不等她。

火速赶回黑龙江，姥姥出殡后，她又马上往回返，半夜 12 点多到北京，第二天早上赶回新区。这里各种问题扎堆儿等着她解决，她每天熬夜到凌晨三四点。很快，黑眼圈如同两片小小的乌云，在她清秀的脸庞上投下憔悴的阴影，顺滑的秀发再次失去光泽。丈夫给她发微信：天凉了，添几件秋装吧。她苦笑，哪有空捯饬自己？

终于，她带领团队攻克重重难题，昝岗组团数字道路顺利推进。来不及松口气，2020 年底，新区第一个重要的民生工程，容东片区开始建设。

容东数字道路是施工方面首个智能创新项目，智慧灯杆建设是一大重点。未来之城的雄安，城市风貌要美观，也要避免重复建设，节省建设资金。这就要在解决麻雀杆的基础上，规避数量过多的问题，要合杆。怎么合？应合尽合。设计团队负责人本来就忙得团团转，一看这标准就蒙了，满头大汗，哑着嗓子问梁智昊："那你告诉我啥叫'应'啊，你总得告诉我一个标准，是 10 米、5 米还是 3 米之内的合杆？"

梁智昊暗暗叫苦，这些全新的尝试，都要自己研究、摸索。一直做数字工作的她，从"云上"下到"凡间"，戴上安全帽，跋涉在12.7平方公里的容东建设工地。

怎么挖坑，怎么绑钢筋笼，怎么弄水泥；每条路到底需要竖什么样的杆；哪些东西能放在一起，哪些不能；要看承载，看遮挡，看安全要求……包括灯杆风貌要跟城市风貌相和谐，连颜色都要匹配。白天密集调研，晚上通宵写标准，她用身体力行的实践解决了"两张皮"的智能城市建设难题：懂工程的人不懂信息化、懂信息化的人不懂工程。

容东片区安置房项目建设工期特别紧。为了按时交付，每个作业面都有好几个施工单位交叉施工，日夜赶工。有时不小心把混凝土或别的建筑垃圾堵到通信管线里了，施工方人手不够，梁智昊就要带领团队到现场把堵点通开。最忙的时候，团队每两人一组全部分到各点位，连夜攻坚。每个点位每一排有9个或12个管子，每个管子2个端口。这种通讯排管直径只有10厘米，在入口处一眼能看到垃圾的，找个铁钎清理出来即可。堵塞在中间的，就难了。梁智昊跟大家一起，戴上手套，先找个比较细的线盘，选一根手指粗类似钢筋的绳子把管路穿通，然后用这个绳子去拽后面比较粗的绳子，靠绳子的摩擦力把里面的障碍物使劲拽出来。这样一路捋过去，管道就畅通了。容东片区共有7个组团，在D2组团，就有9处堵塞。有两处障碍物堵得太结实了，拽不出来，只好用挖掘机从地面挖开，断开管子，找个同样管径的重新铺设。

2021 年 6 月 9 日凌晨 2 点多，梁智昊刚在灯下对着现场施工图纸把灯杆位置捋了一遍，盘算了一下已挖好的坑，计划第二天在坑里竖上灯杆，正准备休息。窗外忽然一道闪电，紧跟着雷声隆隆，雨声哗哗。梁智昊忽地站起扑到窗前，雨线瞬间缠上她的脸，长发被打湿。不好！那些坑可别塌陷，那样的话周边都可能塌陷。她顿时睡意全无，抄起手机通知各点位施工人员："快，灯杆的坑，赶紧回填！"一连串电话打完，她戴上安全帽，蹬上运动鞋，冲进雨幕。

等她一身透湿地赶到施工现场，雨停了，工地上到处是泥，很多地下管道被淤泥堵塞。智慧灯杆的电线和通信都要往管道里穿，不通开，做不了灯杆，就亮不了灯。梁智昊不停地与雄安集团各施工团队调度、协调，并再次派出所有工作人员去疏通管道。乐民街的工地上有个大坑，她踩着一块摇摇晃晃的木板上去，站到高高的临时门前，看到旁边两个灯杆距离太远，中间少一个，赶紧拍下来发给施工团队。等她好不容易忙完回到租住房，鞋子已经报废了。

3 个多月后，数不清费了几双鞋，更数不清 12.7 平方公里的工地走了多少遍，梁智昊和团队终于成功完成智慧灯杆建设。灯杆上智能摄像头与雷达配合，捕捉实时路况信息，把数据回传到统一的云平台，让交通像交响乐一样指挥管理。每平方公里约 20 万个传感器，通过 5G 互联网连接，实现整个城市车路协同，万物互联。在此基础上，雄安将成为全国首个全域按智能交通布局的城市。

亮丽的工作成绩背后，是无数被她挂断的丈夫的微信视频，丈夫从未怪过她。每次回家，丈夫会买来她爱吃的凉糕，做好她喜欢的面，连水都倒好。她躺在舒适的床上，看着打理家务的丈夫，很愧疚，也纠结，要不还回北京吧？雄安太忙了，无法和丈夫团聚，也没空回黑龙江老家，都是爸妈来看望她。

每次看着独生女满身疲惫还在忙工作，爸妈心疼啊。她却笑着和爸妈聊起了容东亮灯的时刻。

那是马上要交付时，有天傍晚，她不放心，和同事站到G组团路口，想再看一眼灯亮不亮。

天边即将褪去的晚霞余晖簇拥着崭新的楼群，道路笔直，灯杆如同列队的士兵。哇！一个城市的感觉就有了。梁智昊眼睛湿润了。容东的大地静悄悄，一个人、一辆车都没有。这样的空旷辽远，她感觉自己面对的，是那么宏大的时空。能在这里亲手种上一朵"云"，与同事们共同托起云上雄安，多少心血和汗水都值了。

除了数字道路，梁智昊还收获了很多硕果：打造智能网联巴士、无人驾驶等智慧公交；智慧社区管理平台实时监测独居老人用水、用气、用电情况，方便工作人员及时照看，杜绝独居老人发生意外的风险；几年来，"区块链＋资金监

———————————— 生　长

管"累计支付金额超千亿，提高效率 60% 以上；产业互联网平台用区块链技术，通过中小企业同步的信息，多方共识来授信，解决了中小企业融资贷款的难题；成功申报国家 IPv6 综合试点城市，经过艰难的技术攻关，成为中央网信办评估的全国试点城市六个 A 之一；以数字资源化和资源数字化撬动推动数字产业和产业数字化发展……

从无到有，梁智昊带领团队托起丰饶的云上雄安，却瘦了自己的生活。结婚 6 年，如今 38 岁的她还没要孩子。不是不想要，是真的没时间生，只能买一堆可爱的卡通玩偶做伴。她的微信头像画面中，粉红色少女心的床单上，熊大熊二们挤挤挨挨，憨态可掬。

2023 年 4 月 25 日，雄安城市计算中心建成，梁智昊和团队有了自己的云上雄安根据地。作为全国首个城市级计算中心，这里迅速成为网红打卡地，被群众亲切地称为"雄安之眼"。

夜晚，半只眼睛形状的拱形正门被广场上的水下射灯照亮，再倒映水中，成为完整的一只眼睛。眼睛的光芒以渐变的蓝色为主，间或会在瞳仁处闪现一圈渐变的金栗色，既幽深、神秘，又明媚、灵动。穿过水面中间的玻璃通道，走进雄安之眼的瞳仁深处，在一朵巨大的云上，城市各领域专业数据像潺潺流动的音符络绎奔赴而来，又像蓬勃萌动的种子持续生发出去。

白洋淀"飞鸟集"

　　紫绿的苇锥顶着闪亮的冰帽钻出来，鹅黄的垂柳对镜梳妆，数不清的鱼儿在芦苇荡间游来游去，成群的小天鹅如一团团云朵在淀水上漂浮；荷叶擎伞盖，菱叶镶紫边，须浮鸥夫妻站在荷叶上眺望远方，身边的雏鸟顽皮地戏着水；芦花如雪，采菱船在"雪"中穿行，豆雁、赤麻鸭呼朋引伴，上千只白鹭在淀里觅食；冰雪封冻了波浪，大鸨和灰鹤漫步在淀边青绿的麦田间……

　　这，是梁昊宇眼中白洋淀的一年四季，也是他眼里最美好浪漫的"飞鸟集"。

一

　　2020 年从四川大学毕业后，梁昊宇就来到了雄安新区。

　　当时，正赶上白洋淀水质持续改善时期，他负责和参与

　　　　　　　　　　　　　　　　　　　　　生　长

生态环境智慧监测体系项目建设。白洋淀是生态环境智慧监测的重中之重。

梁昊宇外表清秀文弱，做起事来却刚毅果断。他所在的雄安新区生态环境监测大厅里，β射线法扬尘在线监测仪、水质在线自动监测仪、水污染预警溯源仪等仪器，一刻不停地"忙碌"着。而他一戴上VR眼镜，青春的面庞上，表情立刻严肃起来。梁昊宇的职责是运用科技手段巡查一整套空、地、淀立体化监测体系的运转情况：空中，两台无人机分别搭载水质、气质监测设备，俯瞰巡逻；地上，大气移动走航监测车、水质移动监测车来回穿梭；淀里，水质监测无人船及各个预警站、监测站，实现了白洋淀360度无死角全覆盖监测……他将根据这些监测结果，发现问题随时出发。

一张水质荧光指纹分析图表摆在他面前，ABC三区水体呈现出不同的光谱和各监测指标数值，经过仔细观察、比对，他发现：A区可能存在疑似生活污水类的污染源；B区水质荧光指纹信号可能来自种植类面源，强度较低，可视为淀区本底；C区水质荧光指纹信号可能是印染废水、疑似生活污水类的污染源以及本底信号综合的结果。

梁昊宇当机立断：B区没问题，A区和C区需要马上前往勘察。

像这样迅速出发，梁昊宇和同事们已经记不清有过多少次了。淀水、苇丛、荷花、游鱼、水鸟……现在，都成了他们的好朋友。缜密细致地呵护，让淀水越来越清澈。渐渐地，鱼多了，在他们的船旁来回穿梭；鸟多了，在他们的身边飞来飞去。白洋淀生态改变的点点滴滴，早已不知不觉地被这些来自全国各地的年轻人记录在心底。

2021年，梁昊宇与同事们在监测时欣喜地发现，白洋淀淀区整体水质达到Ⅲ类！这意味着，白洋淀进入全国良好湖泊行列。再三确认这个结果后，大家欢呼雀跃，击掌相庆。

二

公元前602年，黄河改道南移，其支流再分支芽不断更名，形成了如今的潴龙河、孝义河、唐河、府河、曹河、南瀑河、北瀑河、萍河、白沟引河。白洋淀上承九河，下注渤海，143个淀泊星罗棋布，3700多条沟壕纵横交错。独特的地理环境，使得白洋淀生物多样、资源丰富，自古被称作"北地西湖"。

白洋淀地处"九河下梢"，若缺少上下游协同防护，极易成为纳污之地。20世纪70年代后，因气候干旱、工农业用水量增加等原因，白洋淀水位持续下降、大旱干淀现象频发，水质严重污染。

白洋淀生态环境治理，是一场硬仗，只许赢，不许败！

雄安新区设立后，河北全省上下合力，多管齐下：退耕还淀、生态补水、废污治理、生态清淤、湿地建设……一系列组合拳打下来，淀水迅速清澈起来。2018 年，白洋淀水质提升至 V 类。这一年暮春，安新县自然资源局湿地管理中心工作人员齐明和摄影爱好者贺友顺一起在白洋淀巡护，走到东田庄、采蒲台、东李庄三个村中间的水域，忽见岸边黄绿相间的苇丛旁栖息着两只野鸭。

看体态，观样貌，直觉告诉他们，这不是普通的鸭子。

贺友顺将镜头拉近，野鸭的"容颜"越来越清晰：青色小脑瓜上的羽毛闪烁着绿色光泽，黑褐色肩背、白色腹羽、栗色翅膀……这是以前在白洋淀从未见过的水鸟！经咨询专家并上网搜索，他们确信这是两只青头潜鸭。

青头潜鸭？那可是珍稀野生动物，世界极危物种！青头潜鸭对栖息环境要求极高，俗话说"水中无倒影，青头不落脚"，能被它们选中的水域，贺友顺和齐明知道这意味着什么——盯着照片的两人这才抬起头来，他们的眼睛都亮了……

三

贺友顺在淀上再次发现青头潜鸭是在 2021 年春天。

拍摄鸟类最好的时间是清晨和傍晚。那天，他早上四点就出发了。淀边路不平坦，贺友顺开车过去需要一个小时。

到达后他将车停在附近，罩上黄绿相间的伪装网，远远看去，像是地上多了一堆枯叶和绿叶——这样就不会惊扰到水鸟。

靠近淀边只能步行，贺友顺扛着伪装帐篷，深一脚浅一脚地往里走。氤氲的水汽很快打湿了他的裤腿。他携带的帐篷很像部队的迷彩帐篷，与芦苇颜色相近，在苇丛中安装好帐篷后，他穿上颜色相似的衣服，戴上草帽，开始静静等待。

等待，等待，还是等待……天地寥廓，淀水悠悠，仿佛万物仍在沉睡，只有他与鸟儿一同醒来。聆听着各种水鸟动听的鸣叫，用镜头记录下它们的身姿，守护它们的安全，是贺友顺感到最幸福的事。

不知过去了多久，终于，青头潜鸭出现了！他像看到了久违的亲人，感觉如此熟悉和亲切。青头潜鸭号称"鸟中大熊猫"，体态胖乎乎的，有黑、白、栗低调的羽色，小小的白色眼珠里还有个更小的黑点……那呆萌的样子，像极了国宝大熊猫。

贺友顺利用伪装进行了近两个月的观察和拍摄，渐渐地，他爱上了这种可爱的珍禽。2021年5月，在大田庄村西北和西南方向，贺友顺同样发现了青头潜鸭的踪迹，还拍摄到几只雏鸟。因距离太远，雏鸟的"父母"又不在旁边，他当时无法完全确定。同年12月，他在藻苲淀又发现了青头潜鸭的踪迹——呵，白洋淀竟然成了青头潜鸭的冬季栖

生　长

息地。

2022 年 2 月，冰雪初融之际，贺友顺拍摄到 11 只青头潜鸭飞来白洋淀。随后，他在白洋淀的五个水域都发现了青头潜鸭活动的踪迹，并在其中两处发现了育雏现象，可惜的是，他没有抓拍到成鸭与雏鸭一起的画面……

2022 年 7 月初的一天，齐明随同河北省林草局野生动植物保护与湿地管理处处长刘洵乘船前往淀中观测鸟类繁殖情况。在南部水域，刘洵捕捉到一幅珍贵画面：一只雌性青头潜鸭带着 4 只可爱的小鸭，排队在清凌凌的淀水中"散步"。这是最有力的证明，也是专业人士在白洋淀首次拍到青头潜鸭成鸭与雏鸭在一起的画面。

青头潜鸭正式落户白洋淀！从 2018 年白洋淀首次发现青头潜鸭开始，齐明就对这种珍稀鸟类能否在白洋淀育雏极为关注，现在终于得到了确定的证据，这让他的观测行动更有奔头了。从那以后，他开始更加密切地关注青头潜鸭在白洋淀的活动，淀水边、木船上、苇丛中……到处都留下了他用镜头追踪青头潜鸭的身影。

功夫不负有心人。同年 7 月 20 日，齐明在白洋淀一处青头潜鸭栖息地，再次拍摄并记录到 3 只青头潜鸭的雏鸟……

四

2023 年春节过后，白洋淀的冰尚未完全融化。两条蓝冰夹着的水波里，一群音符一样的"小白点"优雅地游过来。忽然，它们双翅一拍，凌波而起，洁白的翅膀抖下闪亮的水珠，像一朵朵小小的白云飞舞。继而，"小云朵"双翅舒展，自由翱翔于长空。

一行白鹭上青天！

贺友顺看着镜头里的"白衣仙子"，喜上眉梢："老朋友们，你们终于平安度过了严冬。"

这群国家"三有"保护动物（指国家保护的有重要生态、科学、社会价值的陆生野生动物，下同），是本该在冬天飞走的候鸟，为什么这时候出现在淀里？

事情要追溯到2022年12月26日，贺友顺来到同口镇羊角淀拍摄水鸟。

这片水域本是白洋淀上游河流唐河河道，多年干涸，河底甚至种上了庄稼。雄安新区设立后，对白洋淀实施生态补水，唐河是流经河道，于是水大了、鱼多了。一群鹭鸟迁徙途中发现了这个幸福的家园，丹顶鹤、黑鹳等国家一级保护动物也被吸引过来——天蓝水清，鱼肥景美，禽鸟乐在其中。但是到了冬天，鱼吃光了，水上冻了，鸟儿身体虚弱无力南飞。根据贺友顺的统计，这里有白鹭、苍鹭、夜鹭等50多只水鸟，有些因食物极度匮乏而出现濒死的情况。

为了尊重野生动物的生活习性，爱鸟护鸟志愿者们有一个原则：非必要不投喂。但此时，若无人工投喂，这些鸟儿

———————————— 生　长

会全部死亡。贺友顺估算了一下，若投喂到 2023 年冰雪融化，大概需要三个月时间，花费五千元以上。"白洋淀的野生水鸟需要救助！"贺友顺在安新摄影群里发起倡议。消息发出，一呼百应，不仅河北的摄友、鸟友积极行动，还有许多来自北京、上海、山西、陕西、四川等地的野生动物保护人士踊跃支持。短短一个晚上，救助资金全部到位。

2023 年农历大年初一，贺友顺和朋友们走了好几个市场才买到几桶鱼。他们驱车赶到羊角淀，碧蓝的天幕下，金黄的苇丛旁，冰面闪着寒光。他们将买来的鱼远远抛出去，几十只苍鹭、白鹭呼啦一下飞过来。一只白鹭因为太急，将鱼横着叼起就往下咽，不料鱼被卡在长喙的外面咽不进去，只见它来回倒腾着嘴巴，好不容易将鱼顺过来，竖着送进嘴里。看着白鹭憨态可掬的模样，贺友顺像看着自家的孩子，晒得黑红的脸庞上，漾起了慈祥的笑意。

吃饱的鸟儿，仍在他们头顶盘旋，久久不散……

除了"乐不思徙"的水鸟，还有一些候鸟来得越来越早。比如白骨顶鸡，本来是夏候鸟，现在，往往冬天未过就早早来到了白洋淀。为了保证这些鸟儿在恶劣天气条件下能够安全过冬，雄安新区在白洋淀畔的人工浅水湿地，按照鸟类越冬习性增设了珍稀鸟类越冬觅食地保护区，对保护区内的水稻田采取保育式粗放收割，给越冬鸟类留足"口粮"。

伴随着生态补水，白洋淀淀区面积从新区设立之初的约170平方公里，恢复至近300平方公里。浩瀚的水面上，总有些水鸟没找到"口粮田"，在冬季来临时难以觅食，危及生命。湿地保护中心的工作人员和志愿者们，都是这些鸟儿慈爱的"家长"，他们已经把救助、投喂这些鸟宝宝，视作自己的责任。

五

雄安新区是未来之城、智慧之城，也是生态之城、文明之城。雄安与白洋淀，两者因水结缘，也注定共融共生。

2024年1月，雄安新区启动区综合服务中心的展厅前，00后讲解员范庆雨指着白洋淀苇丛中水鸟栖息的画面，眼睛亮晶晶的。她甜美的声音里透着自豪："截至目前，白洋淀野生鸟类增加至275种，较雄安新区设立前增加了69种。"

2月，她站在同一展厅内，面对冰水相间、蓝白交织的白洋淀，眼睛更亮了："截至目前，白洋淀野生鸟类增加至276种，较雄安新区设立前增加了70种。"

3月，国家"三有"保护动物戴菊、国家二级保护动物北朱雀和红交嘴雀首次出现在白洋淀。范庆雨看着电子展板上春水荡漾、水鸟翔集的画面，忍不住嘴角上扬，弯弯的眼睛里流露出激动："目前，白洋淀野生鸟类增加至279种，较雄安新区设立前增加了73种……"

如今，白洋淀水质已经连续多年稳定保持在Ⅲ类以上。野生鸟类呼朋引伴前来做客，越来越多的青头潜鸭在白洋淀育雏。它们从候鸟变成了留鸟，在白洋淀优哉游哉地"遛娃"，教雏鸟游泳、觅食，给白洋淀增添了温馨的气息。

为了保护好来之不易的碧水清波，梁昊宇加入的生态环境智慧监测体系建设项目实现了四个国内"首次"：首次将5G技术全方位应用于生态环境领域；首次实现了区块链在生态环境领域的部署应用；5G+VR、5G+北斗技术首次实现了数字白洋淀的导航；首次有水上实验室行驶在白洋淀上。这一双双雄安生态的"慧眼"，让白洋淀的每一寸水域都受到全方位保护。

安新县自然资源局有一支巡逻队，专门负责鸟类巡查。他们不分早晚和节假日，像忠诚的卫士，时刻守护着可爱的小伙伴们。与此同时，爱鸟护鸟志愿者越来越多，粗略统计已超两千人。

在齐明看来，这个数字远远不能概括珍惜雄安生态环境的爱心人士以及正在这种爱心传递中成长起来的雄安娃——齐明和朋友们经常走进校园，为学生讲解白洋淀的鸟类知识。当他手持电子笔，滑动屏幕上一张张高清照片，清新秀美的华北明珠、多姿多彩的家乡风景、活泼可爱的珍禽水鸟，深深吸引着孩子们的注意力，也拨动着他们的心弦。

从政府到民间，从工作人员到志愿者，越来越多的人像爱护眼睛一样，呵护着白洋淀的生态环境。贺友顺欣喜地看着这一切，拍摄鸟类三十年的他，觉得现在是自己最幸福的时候。他满怀信心地对朋友们说："今年2月白洋淀青头潜鸭的数量已有285只！它一定会成为我们熟悉、亲近的珍禽，而不再是极危物种。"

今天的雄安，白洋淀里鱼群涌动，水鸟翔集；千年秀林花团锦簇，绿荫浓郁；启动区水城共融，清新明媚。"草木禽鱼咸若，河山民物同春"，透过VR眼镜，梁昊宇看着这一切，心里满是骄傲与自豪。他想告诉亲人，一定要来雄安，无论工作还是生活，这里都将是美丽宜居的未来之城。

雄安春景

天空蓝得透彻，没有一片云。风裹着潮湿的空气，吹到脸上清清凉凉。春日的雄安，草青了，树绿了，花开了，鸟儿在白洋淀清澈的水面上飞舞，银杏、白蜡、五角枫、白皮松、楸树等，渐渐长大，正在成为"千年秀林"的主人。

走进雄安郊野公园，踏青、赏花、闲游，别有一番春意在心头。中央绿谷粗具规模，廊厅交错，花草遍野，清水碧波，未来之城在绿色海洋里沐浴，不断成长，展现出一幅幅秀美的春日画卷……

千年秀林的树

"四年前来这里，树冠才这么大！"我边说边把两只胳膊张开，伸直。

"现在这么大了！"朋友开着玩笑，两只胳膊划过胸前，背到身后。

朗朗笑声中，我们走进了雄安新区的"千年秀林"。

穿梭在林间，不同种类的树木呈现出迎接春天的不同态度。白毛杨高耸入云，浅绿的嫩叶悄悄爬上枝头；垂柳纤细的枝条挂满嫩嫩的"丝绦"，自由随性地垂落下来；松树承担着对绿色的坚守，现在绿得更加浓郁……

虽然植物知识储备有限，却不妨碍我第一时间了解与大家擦肩而过的每一棵树。原来，在植物们身上小小卡片上的二维码中，隐藏着每一棵树的秘密。这是"千年秀林"里每棵树的专属"身份证"。这棵树叫什么、来自哪里，那棵树"身高"和"腰围"是多少，等等。你想知道的，都可以轻松看到。

工作人员告诉我们，"千年秀林"可不是挖个坑、栽棵树那么简单。以二维码为代表的森林大数据系统，详细地记录了每一株苗木的信息，实现了全生命、全周期的管理。这是雄安新区打造"数字森林"的重要举措，也是"数字雄安"的重要组成。

工作人员的话，勾起了我们扫一扫植物二维码的兴致。拿起手机，扫了一棵五角枫的二维码。即刻，手机上显示出一行行信息：2021 年 12 月 26 日移植，树高 852 厘米，树冠幅度 463 厘米，除草 16 次……

仔细看着信息，工作人员在一旁解释："每棵树都是这样，它们的过去和现在，一目了然。"

　　　　　　　　　　　　　　　　　　生　长

向着树林深处前行，一位五十多岁的男子正在给树木除草。男子姓仇，家住容城县的仇小王村，村子紧邻"千年秀林"。仇大哥说，从 2017 年 11 月 13 日这里种下第一棵苗木起，他就参与了植树造林工作，并当起了护林员。

　　"干这个辛苦吗？"我们问。

　　"有啥辛苦的，守着家门口就能挣钱，还可以参与雄安新区建设，咱们农民现在也吃上了工人的饭啦！"仇大哥言语诚恳，黑亮的脸上满是朴实的笑容。

　　"树木长得好，离不开你们！"我对他致以敬意。

　　"建设自己的家，再苦点儿也值得。"仇大哥用手向远处指了指，"你们知道现在这里有多少棵树吗？我估计呀，少说也有好几百万棵呢！"

　　陪同的工作人员笑着说："仇大哥，可不止好几百万棵。现在，咱们这里的树有 280 多种，2300 多万棵……"

　　"好家伙，这么多啦！"仇大哥朴实的笑容里又多了几分自豪。

　　返程路上，我们对工作人员说："'千年秀林'可真是一个大工程！"

　　工作人员听出了我们的言外之意，他说："'千'是个虚数，就像古诗里的'飞流直下三千尺'一样，'千年秀林'不是通俗意义上的栽种一千年，也不是说保证每棵树能活千年，而是通过尊重自然，让良好的生态环境永久保持下去，惠及子孙后代。"说话的时候，他面带严肃，目光中透着坚定。

尊重自然，才能让良好的生态环境生生不息。我们对他的话深表赞同。

白洋淀的鸟

水面上，一群"小白点"排着队游了过来。它们用双翅拍打着水面，随着洁白水花的飞溅，用力一跃，在空中盘旋。

"一行白鹭上青天！"一个孩子兴奋地背起课本里的诗句。爷爷老周看着碧波荡漾的白洋淀上空飞来飞去的白鹭，说："鸟儿起飞的时候，要抓准时机连续拍，才能捕捉到最美的瞬间……"孩子捧着相机，频频点头。

这是春日的一个下午。我们走进雄安，在白洋淀旁边，遇到了老周爷孙俩。蓝天、白云、金色的水面、淡黄色的芦苇丛，还有对面树木与村庄的远影和飞旋在眼前的那群白鹭，一一在他们的镜头里定格。

年过花甲的老周，是一位摄影师，也是一名爱鸟护鸟志愿者。闲暇之余，他总喜欢带上孙子一起来白洋淀巡护。

对比白洋淀的过去和现在，老周感慨万千。

作为华北地区最大的天然湿地，白洋淀也是雄安新区的重要生态水体。谁能想到，多年前，由于缺乏系统的生态保

生　长

护，白洋淀污染严重。

雄安新区设立之初，白洋淀的水质为劣五类。劣五类水质是什么概念？就是水中污染物严重超出国家相关标准，可能对人类健康和环境造成严重影响。雄安新区设立后，开启了紧急拯救模式，现在白洋淀的水质，已经连续四年稳定在三类以上……

水清了，苇盛了，草肥了，鱼多了，越来越多种类的鸟儿喜欢上了这里。谈着白洋淀的水，老周又不自觉地说起了鸟。说起鸟来，就好像有人打开了他的话匣子。

红尾水鸲、紫翅椋鸟、丝光椋鸟、黄腹山雀、水雉、小白鹭、白翅浮鸥、反嘴鹬，还有绿头鸭、斑嘴鸭、罗纹鸭、赤颈鸭……有近三百种之多。老周的脑子里装着多少鸟的名字啊，说起来的时候不假思索，如数家珍。他告诉我们："野生鸟类是环境质量的'生态试纸'，种群数量和种类丰富程度是新区生态环境改善最有力的证明。"

唯恐我们对他的话产生怀疑，老周从孙子手里拿过相机，一张张美丽的照片慢慢在我们眼前闪过。"看，这群白天鹅多漂亮！"老周手指滑动，白天鹅的形象一一呈现。

天的蓝映衬着水的蓝，蓝与白形成强烈对比。或昂首望云，或低头戏水，或三五成群，或两两成对，有的展翅低旋，有的曲颈沉思，白天鹅的魅力身姿被记录、被定格。

"看，这是须浮鸥在育雏。"画面中，一只浅灰色的须浮鸥双翅向上展开，它长长的嘴巴里叼着一只虫子。旁边，两只黄灰相间的小家伙昂着头，张大嘴巴，眼睛直勾勾地看着"妈妈"，盯着那只虫子。可爱与温馨的场景再一次被老周捕捉到了。

被誉为"鸟中大熊猫"的青头潜鸭身披花外衣，成群结队，游来游去；头戴"凤冠"的一对水驴子轮换捉鱼，给两个孩子喂食；上千只豆雁集体高飞，遮天蔽日，浩浩荡荡……

谈及爱鸟护鸟，老周说，这些年越来越多的人加入其中。大家都是自发的。问他为什么爱上了做环境公益，老周笑了笑："雄安新区建设得越来越好，我们愿意为家乡做点力所能及的贡献！"

老周爷孙俩沿着白洋淀的岸边向南走去。孙子在前，爷爷在后，前面是一群飞鸟。望着他们的背影，我似乎想到了什么。这不正是一场爱鸟护鸟、让雄安生态环境越来越好的无声接力赛吗？

中央绿谷的景

从高空俯瞰，中央绿谷的全貌尽收眼底：宽宽绰绰的路面交错纵横，高高矮矮的楼宇造型各异，弯弯曲曲的栈道精巧别致，层层叠叠的树木绿意浓浓，清清澈澈的湖水蓝

———————————— 生　长

里透绿。还有，成片的花花草草被斑斓的色彩涂染，给人的感觉就是美，就是绿，就是艳！

披着春日暖阳，我们行驶在中央绿谷。打开车窗，车速不可太快，这样才能尽情享受空气中弥漫着的新润和清甜。

因为提前做了功课，我们心里多少有了些底。中央绿谷及东部溪谷是雄安新区启动区的核心绿色空间和重要生态休闲空间，是雄安新区构建城淀相望、城绿相融、城水相依城市空间的重要组成部分。

慢慢行进中，不断变化的景致频频映入眼帘，我忍不住要停下来欣赏一番。这里是一片不算宽阔的水面，水面两侧一人高的桃树枝头，已经挂满了粉红色的花朵。还未走近，便嗅到扑面而来的淡淡花香。靠近水面，驻足停留，桃花的红映衬着河水，倒映出天空的蓝，青草的绿包围着层层叠叠的假山，红、绿、蓝的交织，构成一幅天然风景画。

谁说"水至清则无鱼"？俯下身子，水清澈见底，一条条小鱼在水里游来游去。它们好似感知到了我们的到来，迅速躲进水底石缝中，鱼儿不见了踪影，空留下水面上的层层涟漪。

沿着木质栈道继续往里走，弯弯曲曲的栈道跨过河面延伸到桃林。朋友告诉我们，过段时间，这里将是一片粉红色的海洋。树上是花，树下也是花。赏花的同时，还能呼吸新鲜空气，真是一种别样的享受。

继续前行，前面是一处颇为宽阔的湖面。我们知道，中央绿谷打造了三个湖，明珠湖、汇智湖和文萃湖，整体水系长度达 14 公里。"这里的水都来自白洋淀，水质都是优级。"朋友解释道。

湖对面，"千年大计、国家大事"的红字异常夺目。站在岸边，近处的水清澈中泛着微绿，远处的水闪着浅蓝。风吹湖面起涟漪，水中芦苇也跟着扭动着身躯。两只金翅雀在湖面低飞，它们时而落到芦苇上，时而用翅膀拍打水面，它们嬉戏着，可爱中带着几分调皮。

湖两侧，草色渐青，新叶已发。湿润的空气凝结成露珠点缀在草叶上，亮晶晶，圆乎乎，晃晃悠悠，好似在荡秋千。与青草相伴的，是一排排花卉，它们正以蓬勃之态迎接春暖花开。朋友说，等花都开了，红的、紫的、粉的、白的、黄的，真是迷了双眼，醉了心田……

站在高处远眺，中央绿谷就像一片绿色的海洋。中央绿谷整体设计呈 H 形，以"一廊、双谷、三湖、十区、十八园"为总体结构，总面积约7500亩，被称为启动区的"蓝绿骨架"。待全部建成，这里将呈现出蓝绿交织、清新明亮、水城共融的城市风貌。中央绿谷也将成为这座未来之城的

"生机客厅"。

远处，数名身着工装的工人忙碌着，阳光照在他们身上，衣服上的标识闪着耀眼的光。又一个春天来了，忙碌的新区建设又开始了……

郊野公园的花

连翘花最早感知春天的到来。在郊野公园，最先吸引我们的就是连翘花了。郊野公园位于雄安新区北部，面积比北京的奥林匹克公园还要大，是"一淀、三带、九片、多廊"生态格局的重要组成部分。

春风唤醒了成片的青草地，星星点点的浅绿散落在深黄中。国槐、李树、银杏、桃树和杏树，或吐出了绿尖儿，或泛了青枝，或挂了花苞，昂首挺胸地迎接春天。月季、玉兰、樱花、蔷薇和海棠，穿上浅绿的衣裳，铆足了劲儿，静待群芳斗艳。

连翘花和迎春花几乎在同一时间迎接春天，迎春花性格倔强，喜欢独处，连翘花却成群结队，茂密壮观。阳光铺满大地，连翘花的金黄色"小喇叭"爬满枝干，它们相互依偎着，互相拥挤着，开得热闹而猛烈。

几个小朋友从儿童城堡里走出来，在手机镜头前，与连翘花合影。一个小女孩把粉嘟嘟的脸蛋凑到花前，瞪着葡萄般的大眼睛："妈妈，这是什么花？""这是连翘花，连翘花开得早，花开了，春天就来了！"妈妈边拍照边说。"那是什么花？"小女孩用手指了指旁边的植物。这时，走来一位小伙子："这是黄刺玫，它的花与连翘花相比，毫不逊色。"小女孩边听着边凑了过去。小伙子忙劝道："小朋友，只许看可别摸呀，它们身上有刺。"小女孩忙把手缩了回去……

我们被小女孩的可爱和小伙子的真诚吸引着。小伙子是地地道道的雄安人，也是这里的工作人员。他告诉我们，郊野公园还是个植物园，白皮松、悬铃木、栾树、碧桃、叶梅、垂柳等，有数百种各类植物。

"你们去过保定园了吗？那里有棵古槐，树龄几百年了。看看去吧！"小伙子面露自豪，给我们带路。

沿着彩色慢行道漫步郊野公园，成片的连翘花慷慨地撒下一片又一片金黄，沿途的郁金香，白如雪，粉似霞，红如火，散发着淡淡清香。看过了被称为"绿色之心"的雄安园，看过了红色主题的石家庄园，看过了宛若"巨琴"的衡水园和开元寺塔巍峨耸立的定州园，左转右拐，我们终于来到了保定园。

走进古朴的高大门楼，翠竹掩映下，"莲池书院"四个字赫然醒目。左侧为古莲池，一汪春水碧波微荡，水面漂着零零散散的绿色"铜钱"，那是荷的新叶子。水中芦苇摇摇摆摆，灰白的花絮随风点头。细细观察，它们的根部已悄然发芽，再长大些，它们就成了被当地人称道的鲜嫩可口的"北方笋子"。

莲池对岸，一株红梅繁花满树。几棵松树簇拥着的海棠不甘示弱，亮出一片片含羞带笑的粉白。

绕过海棠，一棵苍劲高耸的槐树，被木栏保护着。"这棵树可厉害了，槐花开放的时候，就像下了一场雪。"小伙子说。

我抬头仰望，古槐树粗壮而苍老的躯干上顶着偌大的树冠，一片片新叶显现着它的生机。古槐树默默地在这里生长着，既见证了这里的历史，又将见证这里美好的未来。

落地为轴

　　绕过广场入口影壁一样的巨型显示屏，就走近了三位古圣先贤的雕像。元朝诗人、理学家刘因，明朝谏臣杨继盛，明末清初大儒孙奇逢，三个节点，三处重墨，三位圣贤手握"立德、立功、立言"三不朽的如椽巨笔，在容城三贤文化广场徐徐展开了一幅时间深处的画图。

　　20世纪90年代初，我远赴他乡求学，头一次放假回家，下了长途汽车，一个人茫然无措。"看竹何须问主，寻村遥认松萝。"喜欢的诗词念了又念，终于找到村口，才继续下去："小车到处是行窝。门外云山属我。张叟腊醅藏久，王家红药开多……"从小就爱读书，但我当时并不知道，这首词的作者与家乡有着怎样的渊源。

　　2017年，雄安新区设立。一个新的城市要立得住，关键要传承好文脉。伴随着生态之城、智慧之城、未来之城的拔节生长，承载着深厚人文底蕴的文化之城正循着千古文脉的长轴，落下自己的笔墨，绘制一幅惊艳世界的画卷。

从津雄高速容城高速口下来，左侧，是雄安大门；右转，白洋淀大道路东即是容城三贤文化广场。地理空间的瞩目与人文历史的璀璨经纬交织，使它成为认识雄安的一个切入口，也让我们得以迅速走进三位圣贤承接有序的优秀传统文化。

此时我才发现，三位圣贤就在我身边。我出生的村子——南河照村与杨继盛（号椒山）故里北河照村是最近的邻居。椒山的启蒙老师沈琇就是南河照村人。孙奇逢的祖母是椒山的再从侄女。而我当年默念了很多遍的词，是刘因（号静修）写的。

当我在暮云四合的小路归心似箭的时候，元朝初年的一个傍晚，刘因正在同一条路上，独自骑马由蓟门关返家。过白沟，想到这里是战国时燕赵大地，唐宋盛世的北方军事重镇，又是华夏汉族与辽金少数民族风俗文化的分水岭，不禁深深叹息："蓟门霜落水天愁，匹马冲寒渡白沟。燕赵山河分上镇，辽金风物异中州。黄云古戍孤城晚，落日西风一雁秋。四海知名半凋落，天涯孤剑独谁投。"这首《渡白沟》沉郁苍劲，将国家民族之情与个人身世之感笼罩在高远雄浑的意境中。

刘因写诗800余首，留下广泛行世的诗文选集《静修集》，文学成就冠元初之首。时隔700多年，与先生脚步叠印之际，我亦在阅读中走近圣贤的思想之路。在《希圣解》中，刘因说："天地之间，理一而已，爰其厥中，散为万事，终焉而合，复为一理。天地，人也；人，天地也。圣贤，我也；我，圣贤也。"他承继了前代哲学家"观物"的重要思想，即通过对自然和具体事物的认识，揭示事物运行的规律"理"，进而领悟人类社会发展的历史规律。

此时刘因18岁，以圣贤自期，志向高远。元朝初年，他很难实现理想抱负。除了不足半年被举荐为官的经历，刘因短暂一生中大部分时间都在传道授业。他亲自编订和撰写教材，勤于著述，《四书精要》30卷、《易系辞说》《丁亥诗集》5卷等，被收入《四库全书》。这些著作，推动了理学在北方地区的发展，在宋明过渡的历史进程中扮演了重要角色。

刘因去世后，1349年，元顺帝特颁圣旨，刊行先生著作，肯定其学术思想和贡献："（刘因）负卓越之才，蕴高明之学。说经奚止于疏义，为文务去乎陈言。行必期于古人，事每论乎三代。汉唐诸子，莫之或先；周邵正传，庶乎可继。"死后追赠刘因翰林学士、资善大夫，追封容城郡公，谥号文靖。1910年，刘因从祀孔庙。

如今，先生若路经白沟返家，一定认不出故乡了。白沟以西、容城东部的几十个村庄已建设为雄安郊野公园，内有代表河北十四个城市区划特色的展园。我从承德园往北走，迎面撞上铮铮长髯的杨继盛泥塑——椒山故里祠到了。祠堂内，长髯之上，那双明亮的眼睛里，依然是铿锵作响的光芒。穿过历史的风云，这光芒落在他最后的岁月，其《自书年谱》囊括了他自幼艰苦求学到中进士做官再到弹劾仇鸾被贬狄道最后死劾严嵩而入狱的曲折经历，带着宝贵的血泪之墨，落地为轴，以"大明第一硬汉"的凛然之气撑起中华民族一段不朽的传奇，抒写燕赵大地慷慨悲歌的风骨。

能够读到《自书年谱》，源于河北省社科院北学研究院副秘书长郑建党女士。她曾连续几个月到河北省图书馆研习《自书年谱》，一读就是一天，中午只喝点自带的热水。她所著长篇历史小说《铁肩铮骨杨继盛》以《自书年谱》史实为基础，为椒山立传，并深入挖掘孕育先生的热土所承载的历史文化渊源。

书中静修书院与孙臣（孙奇逢祖父）的内容，是对容城三贤近距离的触摸。椒山与孙臣求学于静修书院，静修先生对他们的志向和人格产生了深远的影响。

椒山在京的寓居被称为松筠庵，为"公车上书"发源地之一。李大钊将椒山名联"铁肩担道义，辣手著文章"中的"辣"改为"妙"，作为人生座右铭；毛泽东评价椒山诗句

"遇事虚怀观一是，与人和气察群言"，说："诗言志，椒山先生有此志，乃有此诗。"

现在，根据《铁肩铮骨杨继盛》改编的有声小说《雄安风骨杨继盛》正在连载播出。椒山清正为官、死劾贪腐、经世致学的儒家气节和侠义风骨影响了越来越多的人。这种精神既是容城的，也是燕赵的，更是中华民族的。

椒山临刑前留下《谕妻谕儿书》，对儿子应尾、应箕从报国、为人、处事、齐家等多方面谆谆教导。先生就义后，夫人张贞督促儿子刻苦学习椒山遗嘱，并实践于日常。应尾曾任顺天府治中，仕至尚宝寺丞，为官耿介，正直敢言，时人称赞："有儿如此，椒山先生有后了。"

作为容城三贤最晚的一位，孙奇逢是在家乡先贤精神的濡染滋养下长大的。汤斌、耿极等所辑《征君孙先生年谱》记载，孙奇逢十四岁时，随父亲去看望舅祖杨应尾，面对舅祖的提问："设使我在围城中，外无救兵，内无粮草，应如之何？"他回答："效死勿去！"

孙奇逢亲历了明末清初天崩地坼的巨变，明清两朝十一次征聘，均婉拒不仕，被尊称为征君。晚年南迁河南夏峰村，世称夏峰先生。他心系国家百姓，积极参与社会事务，勇救东林、守卫容城、守御五公山……晚年致力于著述讲学，教化一方百姓。其一生始于豪杰，终以圣贤，被誉为北学宗师、北方孔子。1828年，孙奇逢从祀孔庙。

清军铁骑踏碎明朝，却不及大儒手中一管柔毫，随历史长轴一点点铺开，绵延成千古不息的文化脉搏。

《孙奇逢集》《清代夏峰北学研究》《孙奇逢哲学思想新探》《孝友传家教泽长：北方儒宗孙奇逢》《夏峰先生集》……这些书，循着我走近圣贤的脚步，自天南海北赶来。为了向来自五湖四海的雄安建设者和朋友们宣传展示雄安历史文化和人文底蕴，更好地传承弘扬祖国优秀传统文化，我不仅研读现代专家学者的著作，还啃了很多大部头的古籍资料。

在阅读中行走，文字是有魔力的。当圣贤的思想智慧通过一粒粒发光的文字映照进一个个普通平凡的日子，这些时间就具备了黄金一样的质感，我的心境慢慢与圣贤的思想打通，手中的笔流淌出一篇篇文化散文。书成为我的双脚，让我扎实地站在这片古老而又年轻的土地，我的汗水也渐成册页，长出坚定的翅膀。二十余万字的文集《走近大儒孙奇逢》一书出版，我用文学的笔法关照学术的底蕴与历史的厚重，用文字的枝叶传承弘扬雄安文脉，研究推广北学思想和燕赵文化，希望这些青翠的文字能够助力文化雄安建设。

祖国大地是一幅长卷，先贤曾挥毫泼墨，而今，新的墨色已渲染开来。容城三贤广场入口处的巨型显示屏，轮番上映雄安城市新形象的高清影像，热情迎接每一位雄安建设者和来访者。我们在传承中握住文化的根脉，将时间铺开，让自己也同这片大地上的呼吸一样，砥砺深耕，落地为轴。

青春之绿

　　暮色四合，家家户户亮起灯光。料峭的寒风侵衣透骨，足球场上却热火朝天，战况激烈。孩子们将厚厚的外套和鼓囊囊的书包放在场外，穿着单衣，小小的身影敏捷地跑动着，脚下的足球比风还快，在人群中来回穿梭。

　　瘦瘦高高、阳光帅气的 17 岁少年李威宏站在校门处，看着活力四射的学弟学妹们，心里涌起一股暖流。这是他的母校，河北雄安新区容城县南张镇沙河营小学。正看得入神，场上有个孩子忽然斜冲过来，一脚传球，足球飞向队员。不料冲得太快，收不住，膝盖一歪，结结实实地摔倒在地。李威宏惊呼一声，下意识就要进场去扶，却见这孩子就势一滚，立马站起，追着球跑去。李威宏一愣，才想起这是柔软的草皮球场，孩子们摔个跟头就像挠个痒痒似的。他举起手机，将绿茵之上的母校和奔跑追逐的小球员定格在镜头里。手机相册中，有他刚刚下载的雄安体育中心项目航拍图。体育中心总占地面积约 35 公顷，游泳馆、体育场和体育馆三个单体建筑，以方和圆的几何图形强化东方意境，如同三枚巨大的"山水印章"，印刻在未来之城的画卷上，也印刻在他青春昂扬的心上。

一

李威宏踢足球始于 2018 年，当时他上小学四年级。那时沙河营小学足球队已组建两年，由十几人的单支足球队，很快发展成多梯队足球队共存，每天下午放学后训练一个半小时。

最初，李威宏只是站在场外看着同学们训练。踩球、钟摆、运球、踢板……一个个足球如同调皮的小精灵，在同学们脚下滚来滚去。李威宏心里痒痒的，感觉自己的脚也在追着那个小精灵：这要是我踢，会怎样呢？但他的想法被教练的声音打断，那声音嘹亮中透着杀伐果断的力量："认真点！离近点，靠墙！小泽，左脚！左脚先靠墙，脚下小碎步动起来。把腰直起来，别扶着那个板！换脚！换到右脚。脚下动起来！"李威宏偷偷看着教练黝黑的脸上严厉的神情，心里有点儿怵，正想转身回家，忽听教练大喊一声："小心！"随即大手一捞，将差点绊倒的小泽抱进怀里，擦擦他额头的汗，捏捏脸蛋，放到地上说："小心点，歇会儿吧！"李威宏莫名觉得教练就像自家的父亲，表面严厉，内里慈爱。他再也按捺不住了，报名参加了学校足球队。

每次入场，教练都要带着孩子们捡拾土操场上的砖头石子，每个角落都不放过。家长千叮咛万嘱咐，教练反复强调："戴好护膝。"摔过几跤之后，李威宏理解了家长和教练的唠叨。土操场太硬了，戴着护膝都磕得青青肿肿，手上也常常蹭破皮。几十人练习，几十个足球飞来飞去，尘土从他们脚下扬起来，跟着球飞到空中。训练结束，教练和队员个个都成了土人。还不能盼下雨，雨后满是泥水，踢不了球。

坚持训练，不怕吃苦，很快同学们就能打比赛了。赛前教练强调："戴好护膝，中途要是掉了或松动了，必须给个示意，出来换人。"李威宏踢后卫，眼见对方一脚漂亮的进攻，足球快速飞来，他急忙扑上去防守。少年爆发的速度太快了，没料到旁边球员也跑来，他被带了一下，结结实实摔到地上，还往前滑了一段。钻心的疼痛传来，他才发现护膝掉了，膝盖处被粗粝的沙土地蹭得血肉模糊。有块尖锐的小石子从土里钻出来，扎进肉里。教练急忙叫停，家长迅速赶到，把他送往医院。

随后一个月，李威宏都在养伤中度过。不能上场踢球，他看着电视上的绿茵球场，羡慕极了，学校什么时候才能有足球场啊？

小小的他不知道，2017年底，雄安新区设立半年后，即宣布"三年教育提升计划"，提出实施学校建设等8项工程，着手发展现代化教育。沙河营小学的土操场改建成草皮球场，就在雄安的学校建设计划之中——雄安三县原有学校设施要进一步改造提升。

2019年，沙河营小学告别土操场，迎来一片青青绿茵！

李威宏看着柔软的绿茵场，抚摩着膝盖上落下的伤疤，心想，从此再不会受这样严重的伤了！教练不必再提心吊胆，同学们训练的劲头更足了。

二

来自保定的耿教练与李威宏一起见证了雄安新区的教育提升与拔节生长。

耿教练原在保定一家体育公司工作，爱人是容城人。雄安新区设立那年，他们的孩子出生了。"回雄安去"的想法像种子一样在心底萌芽。但彼时的雄安，还是一张蓝图，雄安三县各方面条件远不及保定。两人看着襁褓中的孩子，犹豫了。

2018年4月21日，《河北雄安新区规划纲要》对外发布。在历经长达20个月的编制后，"千年大计"的规划终于落地，标志着雄安新区的建设正式拉开序幕。

————————————————— 生 长

事关妻子的家乡，耿教练细细阅读这份规划纲要，看到雄安新区建设目标："到 2035 年，基本建成绿色低碳、信息智能、宜居宜业、具有较强竞争力和影响力、人与自然和谐共生的高水平社会主义现代化城市。""到本世纪中叶，全面建成高质量高水平的社会主义现代化城市，成为京津冀世界级城市群的重要一极。"他与妻子的眼睛亮了。将来在这样的城市生活，孩子在这样的环境成长，多么幸福啊。

回雄安去！这一年，耿教练来到容城，走进金森足球俱乐部，成为沙河营小学足球教练。

闲暇时，他与妻子带着牙牙学语的孩子到保定竞秀公园划船。湖上微风拂来，碧波涟漪，湖岸垂柳婆娑，花繁叶茂，小鸟从头顶飞过，孩子高兴得手舞足蹈。两人看着眼前的美景，想象将来雄安会是什么样子，一定更漂亮吧。

这年底，雄安新区容城县人民政府与中央民族大学附属中学、中国人民大学附属小学援助办学签约暨揭牌仪式在容城中学举行，正式确立了中央民族大学附属中学与容城中学、容城镇第一中学，中国人民大学附属小学与容城县沟西小学的合作关系。

耿教练和妻子看到消息，再看看孩子，心里甜甜的。他们住在容城县城，离沟西小学很近，等孩子上小学，就是人大附小雄安校区的学生了。

在沙河营小学担任足球教练一年后，看着土操场改建成草皮球场，耿教练体会到了雄安建设的力度和速度。自2017年申报全国特色足球学校成功，沙河营小学开启足球训练新纪元。绿茵场的建设，加快了学校足球事业发展的步伐。2019年3月29日至31日，在金森青训基地（容城县八于中学内）举行的"雄安杯"首届足球邀请赛青少年组中，沙河营小学荣获小学组季军。

三

金森青训基地在第二年就改换了场地。随着雄安郊野公园项目的推进，八于中学与八于乡13个整体征迁村一起成为历史。征迁村的1500余名义务教育阶段学生全部转至步康宇周转学校就读。这些在土操场上奔跑长大的孩子们，从此有了崭新的塑胶操场和绿茵球场。

看着新区设立以来的巨大变化，金森青训基地的负责人张峰心里百感交集。

20世纪70年代的容城县，是个淳朴安静的平原小县，村民们大多土里刨食，住在蓝砖的小平房里。忽然有一天，八于乡南文营村边，津保公路路北，矗立起一座三层小楼，上面几个大字分外醒目：飞燕服装厂。从周边各村水流一样淌出来的自行车涌进厂门，姑娘小伙们都来打工挣钱了。

一枝花开，就是一片萌动的春色。后来，容城的服装厂如雨后春笋，遍地生长，容城县逐渐成为服饰行业繁荣发展的"北方服装名城"。

飞燕服装厂是金森服饰的前身。1994年，张峰在南文营小学上学时，家族企业已发展得欣欣向荣，他从小就可以无忧无虑地专注足球爱好。没有场地，没有教练，课间10分钟，他和小伙伴们就在土操场踢球。下午放学也要玩球，一直到家长来喊吃饭。

到了初中，没有场地和队员，只好作罢。

升入高中后，张峰和爱好足球的同学一起组织比赛。12个班，每班出一个队，谁参加比赛，谁出一元钱，买足球和相关物品。大家在土操场上奔跑追逐，其乐融融。碎砖头磕破了膝盖，尘土迷了眼睛，也挡不住大家踢球的热情。

2013年，已结婚两年的张峰仍然放不下心爱的足球，他联合20多个志同道合的爱好者，组了足球队。没有踢球条件，他们就到处约比赛，周边县市都跑遍了，最远到北京、天津。

那时，他做梦也想不到，2017年4月1日，雄安新区设立，家乡的春天来了！他激动得一夜没睡，脑子里全是家乡以后的发展和自己心爱的足球事业。3个月后的暑假，他带领金森足球俱乐部做青少年培训（简称青训），自己出资聘请教练，资助沙河营小学、沟西小学、上坡小学和容城镇一中四所学校开展足球训练。很快，"雄安金森"的队服亮相在各个赛事中。绿茵场上，小队员们敏捷的身影奔跑穿梭，配合默契，进球欢呼，失误鼓劲，摔倒了爬起来，打败了再重来！看着生龙活虎的孩子们，张峰觉得自己也重回青春，心里鼓荡着奔放豪迈的情绪。

四所学校中，沙河营小学作为全国特色足球学校，训练要求高，工作细。张峰不仅为学校聘请了专业教练，还招聘了一个退休的体育教师。孩子们从入学起就踢足球，耳濡目染，身上都有股拼劲和韧劲。

2020年，沙河营小学8岁的小学生丁禹智试训时因速度快、动作敏捷得到金森教练团队的一致认可，正式加入金森足球俱乐部。年龄小，个子小，活泼可爱的丁丁在日复一日的训练中，从不觉得枯燥乏味。每次，只要足球从他脚下出发，就奔向了无限的可能和未知的精彩。周末他和学哥学姐们一起，与周边俱乐部进行友谊赛。赛练结合，天赋加努力，丁丁快速成长，成为球队主力。一年后他所在的金森12梯队取得第38届百队杯雄安新区容城县赛区冠军，并代表赛区参加了京津冀总决赛。在相隔一周的环雄安杯足球邀请赛中，其所在球队再次获得冠军。

2023年9月，丁丁赴长春亚泰足球俱乐部试训。小小的丁丁毫不怯场，眼神犀利，脚下生风，赢得教练团队阵阵掌声和叫好声。10月，丁禹智正式入队长春亚泰。

培养出优秀的足球小明星，是张峰最欣慰的事。孩子们能热爱运动，不畏风雨，成长得更坚韧、更阳光，是足球

生　长

事业最大的幸福。为此，张峰每年投入近百万元，不仅下大力气培养本地教练，还引进原国青队退下来的山东鲁能职业球员为总教练。教练们不止一次担忧地问张峰："花这么多钱，家里同意吗？"张峰笑了："家里支持啊，足球是个有益身心的爱好。只不过现在就是做公益，若为挣钱，一般商人不选这个。"一直在坚持足球事业的他，希望得到更多支持，把足球俱乐部良性地运营延续下去。

2024 年初，河北省体育局在全省体育工作会议中强调：支持雄安新区足球运动发展再加力。新区随即制定全年目标：拟建足球场 97 块，改造提升 26 块，把学校足球场建设作为重点；培训 E 级以上足球教练员 92 人，引进高水平足球教练员 41 人。

3 月，国家体育总局在《中国青少年足球改革发展实施意见》中，要求将足球纳入课后延时服务。

看到这些消息时，张峰刚从保定比赛回来。年近 40 岁的他三步并作两步，轻快地跑步上楼，走进办公室，着手筹备沙河营小学、沟西小学等"雄安金森"足球队员即将参加的比赛：2024 年第四届"全民健身健康中国"全国县域足球赛事暨容城县庆祝雄安新区设立七周年足球邀请赛。

四

沙河营小学的足球训练，一年四季，寒暑不休。冬日天寒，坚持；春季刮风，坚持；夏天落点雨，只要不是瓢泼大雨，也坚持！训练场上铁面严厉的教练，场外都秒变慈爱大叔，看着孩子们拢拢球，收器材，拿好外套、书包、水杯，将每个孩子交到家长手里，他们才回家。

训练到晚上 7 点 10 分，到家已近 8 点。耿教练的妻子看着他眉开眼笑的样子，边摆晚饭边问："什么事这么高兴？你的孩子们打比赛赢了？""打比赛重在参与，赢输都是一种成长。"耿教练摆摆手，"是我的队员，那个五年级的杨佑政，各科考试又是第一名！训练场上，小家伙们都鼓掌欢呼！家长们听说了，更支持孩子踢足球了！"

眉清目秀的杨佑政很文静，说起话来慢条斯理。面对队友们的掌声，他不好意思地笑了："我觉得踢足球一点儿都不影响学习。每天踢一个半小时，好像占用时间，但踢球开心，学习也有劲儿，写作业都很快。"

说着话，家长们陆陆续续来接孩子了。杨佑政的父亲接过儿子的书包，揽着肩膀，像朋友一样聊起来："上次摔的地方不疼了吧？磕磕绊绊很正常。马上周末了，咱在家里踢一场呗！"

看着父子俩远去的身影，耿教练感慨地对其他家长说："杨佑政是北张村的，就为了踢足球，小学二年级专门转学到沙河营村。"

家长们赞叹不已，看来踢球真的不影响学习！"不仅不影响，还对学习有促进作用呢！"耿教练语重心长地说，"踢球的孩子都懂得坚持，有担当，要团结协作，迎难而上。这不比玩手机、玩游戏好？"家长们会心地笑了，纷纷点头称是。

作为足球特色学校，沙河营小学保证每人一个球，非足球队员也可以踢球。校长李志强欣慰地说："有了踢球的浓厚氛围，孩子们体质增强了，做事积极乐观，小胖墩、小眼镜也越来越少。"

李威宏升入中学后，还在坚持踢球，中学里也都是草皮球场了！他的足球训练在沙河营小学起步，这里有他的汗水和辛酸，也有他的自豪和骄傲。他牵挂母校，时常回来看看。暮色中，训练结束，他看着家长把孩子们接走，心想，学弟学妹们多么幸福啊，很快大家就能到雄安体育中心踢球了！

五

在新区启动区内，雄安体育中心项目施工现场，七八根红色的固定带连接的银白色金属网状屋盖被吊车吊起并缓缓扣在屋顶。工程即将竣工！这是 2024 年春，距离项目启动正好过去了两年。

两年前，北京城建集团雄安体育中心项目常务副经理张宏伟刚刚来到项目现场，就看到个水满坑平、杂草丛生的大池塘。打井，抽水，回填……连淤泥都得挖出来，换填。填好后，测好密度，再在上面打桩。

4400余根高速高压搅喷复合桩是技术方案的创新，在地面挖孔并灌注水泥浆将内部搅成粘稠的糊状，直接插入预制管桩基础。没想到预制管桩到最后两米时，硬是压不下去，更换了更大吨位的静压设备还是不行。

张宏伟和团队紧急研判地质，分析原因，原来遇到卵石层和沙层了。卵石太密，压不下去；沙有吸力，黏住了，打不下去。怎么办？不完全打下去，承载力不够，就会有安全隐患。工期紧，任务重，每天都排满进度，本来每天一台桩机能打五个桩，后来每天打一个，还打不到底。

这个工序完不成，下个工序就启动不了。张宏伟觉得自己都成热锅上的蚂蚁了。实在压不动，换设备，换工艺，由静压改为锤击，像锤钉子那样锤下去。桩头都锤碎了，还是达不到设计要求，最后只好找设计人员重新复核。当时打桩标准是25米桩长，100锤，200吨承载力。

张宏伟和团队出具了很多报告，否决了无数个方案，经过一轮轮验算试验，最终将25米桩长压缩到24米，再经过压桩试验，满足了设计承载力要求。设计人员论证方围绕这个新变化，重新反复论证。

等待的过程更加煎熬。面对逐渐缩短的工期，一分一秒都无限漫长。直到论证通过，问题解决了，又紧锣密鼓地多上设备，加班加点，把落下的进度补回来。

最终，先进的复合桩技术有效提高了四分之一工期，降低了成本，通过搅拌增加地层与桩基础的摩擦力，提高桩基础的承载力，为整个建筑筑牢了根基。

回想起那段不眠不休着急上火的日子，张宏伟感慨万千："这就跟打了胜仗似的，一回头，哎，你不就是站在那个山头往下打，就赢了吗？其实我站在这个山头，选择、决策的过程可不是那么轻而易举，其间的焦虑、煎熬只有身在其中才能体会。"

对于北京城建集团雄安体育中心副经理钟韧来说，印象最深刻的是体育中心屋顶采用的"逆作法"。即不用传统的先立柱子后盖屋顶的方法，而是先造个"盖儿"，把它吊上去，再嵌补柱子等支撑结构。这样节省70%的临时支撑柱，减少高空人员作业风险。后续可以上下两部分同时施工，提高施工效率，更快地亮出形象。但是这么大的屋顶，5.3万多平方米近5000吨钢结构，等于先在地上建个巨大的空中楼阁，这在全国尚属首次，处处充满了挑战。

钟韧和项目部博士工作站几个博士经过多轮研判，对操作工艺、施工环境、质量标准、交叉作业，还有最不可控的气候影响进行详细论证。在屋架提升和悬停阶段，风的影响较大，也是最不可控的。团队经过多次模拟试验、计算和方案改进，最后将风力影响降低到 10%。克服这点，就能成功完成屋盖的吊装，保证悬停安全。最后经过专家多次论证，方案可行。

终于，钢屋盖成功完成 48 小时的垂直吊装，并在空中悬停两个多月未变形，保证了安全和质量，也印证了方案的成功。

屋架钢结构从底部提到顶部，需 48 个小时，是最关键也最壮观的两天。为了万无一失，钟韧带领工作人员复查了一周。每天，对 58 个提升油缸的性能，32 组提升架的垂直度、基础受力等全部都要查一遍。这一周是最煎熬的，既怕查出问题，又怕有问题查不到。体量太大，每个细节都不能出纰漏。在试运行期间，巡查到有个油缸的油管根部有一点儿油。漏油可能导致这组油缸的动力不足，同步提升屋顶的时候就会出事！赶紧换上安全的油管，又把所有油管重新查了一遍，包括接头、阀门，直到最终确认无误。

屋顶提起来的当天，新区管委会、建交局领导，雄安集团、新区各个项目经理都过来参观。

此时，钟韧正带领项目组所有员工昼夜不停分组监控。32 个油缸同步提升，无论哪一个油缸、哪一个提升点、哪一根钢丝绳出了问题，提升都会停止，就要全部重来。不能有任何差错！尽管之前经过了缜密的审查，众人的心还是提到了嗓子眼。

监控中，210多米宽、250多米长的屋架钢结构被缓缓吊到空中，宛如九天仙境闪闪发光的空中楼阁！众人被这壮观的景象震撼，现场爆发出巨大的欢呼声。钟韧终于松了口气。

伴随着创新科技的成功应用，雄安体育中心逐步展露出迷人的容颜。整个建筑外立面仿照中式琉璃瓦，层层屋檐出挑，将东方美学与大型体育建筑完美融合，彰显了大国气度。体育场没有门，周边惠民设施也没有围栏，京津冀将由此解锁开放式体育场。

距体育中心正南方向约300米处，是雄安大学园图书馆；再往东南部约三四公里，是正在建设中的首批疏解在京部委所属四所高校雄安校区。这是一场青春与梦想、书香与力量的完美遇见，是李威宏、杨佑政、丁禹智等青少年学生向往已久的地方。

六

足球是个连续性的事业，张峰一直盼着，能够搭建幼儿园、小学、初中、高中一体的体系。现在很多孩子为了升学，小小年纪都"退役"了。每到一个学校，都要从零基础开始练功。

仿佛为了回应他的关切，2024年3月23日，雄安新区萌娃足球赛主会场在雄安华望城足球公园火热开赛。此前，萌娃足球赛已在雄安三县 6 个分会场先后进行，7 场活动共吸引了 1563 人次参与。萌娃们进攻、防守、传球、射门，累了，坚持；跌倒，爬起。那萌萌的认真严肃的动作和表情，让观众们直呼"爱了爱了！"。

这一年，耿教练的孩子在人大附小雄安校区上一年级，在父亲的影响下也爱好足球。节假日，一家三口一起逛雄安新建的公园，其乐融融。

被张峰邀请到雄安的山东教练，工作几年之后，遇见雄安爱情，在容城娶妻生子。

2024 年 3 月底，第四届"全民健身健康中国"全国县域足球赛事暨容城县庆祝雄安新区设立七周年足球邀请赛在椒山公园举行。赛场上奔跑追逐当仁不让的小队员们，在比赛间隙玩起游戏："手心手背，咱俩一队！"出了手背的孩子看看另两个队友的手心，举臂欢呼："耶！我是队长！"

孩子们在绿茵场滚成一团，笑成一片。

容城县的绿茵场忙忙碌碌，安新和雄县的足球也没闲着。结合安新县城三面环水的特点，安新县大健康公园打造了"雄安足球半岛"，举办了很多赛事，成为新"安新八景"之一。雄县黄湾体育公园新建足球场 1 处，篮球场两个，圆了群众在家门口的健身梦。公园、社区、校园，越来越多的足球场建了起来。

雄安三县，遍地绿茵；未来之城，足下生辉。

站在夜色中的沙河营小学校门口，目送最后一名家长接走孩子，李威宏准备回家了。他回头又看了一眼母校，绿茵球场的四周亮着一圈灯，如一圈小太阳。透过汗水晕染的光晕，他看向启动区方向，雄安体育中心的"山水印章"越来越清晰，正在用青春与激情，刻下既古老又年轻、既沉稳又昂扬的东方神韵。

白洋淀上的"水医生"

早晨 6 点，刘冬梅照例匆匆赶往白洋淀。

此时白洋淀的光影最美。晨曦初露，水天相接处一抹清柔的橙色，宛如织染的巨幅丝巾，静谧、祥和、神秘。远远的，几只水鸟滑过水面，像一幅剪影。

伴着氤氲的水汽，她乘船前往烧车淀采样点。

切"脉"问"诊"

对刘冬梅来说，采样的时候，白洋淀就是等待"体检"的"佳人"。今天，白洋淀"身体"好不好？有没有"受伤"？各个"脏器"是否正常？她的"皮肤状态""血液循环""身体机能"……每一点细微的变化都牵动着刘冬梅的心。

2024 年，是刘冬梅干环保工作的第 31 个年头。

白洋淀国控点及周边 36 个采样点每周 3 次采样监测，是她和同事们的日常工作。如果监测结果发现白洋淀"健康状况"异常，会加密检测，再多加几个点。

烧车淀位于安新与容城、雄县三县交界地带，是雄安新区新晋网红打卡点——燕南堤所在地，水质监测极为重要。

远远的，刘冬梅看到了燕南堤。一片片田田的荷叶中间，蜿蜒曲折的朱红色长廊上，已有游人在漫步。一群白鹭从绿叶间惊起，呼啦啦飞向蓝天。白鹭是国家二级重点保护动物，对生存环境要求很高，水质不好它们是不会来的。

看着这些被世界环保组织称为"空气和水质状况的监测鸟"的白鹭，刘冬梅笑了：看样子，烧车淀的水质依然稳定保持"健康"！

但不能掉以轻心。

白洋淀地处"九河下梢"。周定王五年（公元前602年）黄河改道南移后，其他支脉河经过分支和更名，形成了如今的潴龙河、孝义河、唐河、府河、漕河、南瀑河、北瀑河、萍河、白沟引河。白洋淀上承九河，下注渤海，143个淀泊星罗棋布，3700多条沟壕纵横交错。如此复杂的地理环境，极易成为纳污之地，严重影响水质"健康"。

淀区85%的水域在安新县境内，安新县生态环境局重任在肩。一方水土养一方人，刘冬梅和同事们像呵护眼睛一样呵护着白洋淀。按照 100 米乘 100 米一个点位，他们把全淀划分成将近 3000 个点位。每年进行两次大采，平时国控点及周边每周 3 次采样监测。

采水样工作有 4 个人，分两组。采样瓶装满水太沉了，男同事争先端着盛有采样瓶的箱子。刘冬梅所在的监测站只有两位男士，更多的时候，还是要她和女同事拿箱子。她戏称，臂力都练出来了。平时常去旅游的人都知道，包里边放一瓶水，马上就特别沉。每个采样瓶有两个矿泉水瓶那么大，每个箱子能盛 20 个采样瓶，都装满水样的时候，得有 40 多斤。刘冬梅就和女同事两个人抬，船工也会帮着拿。

一丝不苟的采样工作开始了。

刘冬梅手把手教给新入职的小姑娘小王：用采样器从船左侧提水，第一遍采样的水，要把它倒掉，倒到船右侧。再采一遍，还倒掉。涮两次，采样器清洗完毕。

"现在是 9 点 32 分。小王，记录一下，写上具体时间。" 刘冬梅看好了时间，再次拿起清洗好的采样器，"放采样器的时候，要把持住探头，很垂直地放下去。"

小王一看，这还不简单："那我来试一下。要放 0.5 米。"

0.5 米深的淀水下，几根碧绿的水草缓缓摇曳，一条小鳑鲏从水草间穿过，好奇地打量着这个透明的柱状物体。

小王刚把采样器放下水，刘冬梅赶紧在旁边扶住："这样有点深了。往上提一点。有点偏，要克服掉船动的干扰。"

　　小王紧紧握住采样器，一点点往下放，没一会儿就快坚持不住了："这样胳膊真的好累。"

　　刘冬梅笑了："有点酸是吧？没事儿，我刚开始也是拿不稳呢，习惯了就好了。"

　　"唉！"小王叹口气，"咱们单位就是男同志太少了，这样在淀里东奔西跑采样，应该男同志来干。"

　　刘冬梅严肃起来："女的一样可以，没有什么是女性从事不了的。人家女航天员都能上天了。可能在力量方面，你会稍微差一点，但在技巧方面，你可以弥补这一点。"

　　小王点点头，心悦诚服。

　　"你看数据稳定了吗？"刘冬梅继续指导，"数据稳定了，不动了，咱这个点的测量就结束了，可以拿上来了。"

　　小王看好了稳定的数据，将采样器拿上来。采样器中的水样倒入采样瓶，刘冬梅在采样瓶上贴好事先准备的标签，要保证每一个水样的"身份证号"准确无误。

　　在烧车淀原点及东南西北共 5 个点位完成采样后，他们顾不得欣赏燕南堤的美景，又立即赶往下一个采样点。

　　淀区水样采回来，相当于体检工作第一步"抽血"完成。

刘冬梅和同事马上投入下一步工作"验血"：做样，即水质总磷的测定。

根据中华人民共和国国家标准对水质总磷测定所采用的钼酸铵分光光度法，第一步，先用过硫酸钾为氧化剂，将未经过滤的水样消解。

从采样瓶取出25毫升水样，注入具塞刻度管。加入4毫升5%过硫酸钾，将具塞刻度管的盖塞紧后，用一小块布和线将玻璃塞扎紧。仔细摇匀，以得到溶解部分和悬浮部分均具有代表性的试样。将刻度管放到大烧杯里，一个烧杯可以放10来个刻度管。再把盛满了刻度管的烧杯放进医用手提式登记消毒器或是医院的压力锅（灭菌锅）里蒸。锅里的提篮一次可以放4个烧杯，将近40个水样。

刘冬梅熟稔地做着这一套动作，将每个水样比对清楚。在机械化越来越发达的今天，按国家要求，这几个步骤至今都是全靠手工操作，以确保万无一失。

随后，等待压力锅升温。消毒器中压力可以达到1.1千克，即相对温度120摄氏度，保持30分钟后，停止加热，再等着压力卸掉。待压力表读数降至0以后，取出放凉，用蒸馏水稀释至标线。

分析步骤的第一步，消解液，就完成了。

这一步做完，需要4个小时。这一做，刘冬梅就做了近30年。

直到 2021 年 5 月份，刘冬梅所在的监测站新建了水环境质量精准监控实验室，配备智能化检测设备，能够自动进样。将水样放到设备上，检测就跟流水线似的，一个个来，成批做。刘冬梅和同事们终于可以在这个环节稍事休息。

下一步，在每份消解液中加入 1 毫升抗坏血酸溶液混匀。30 秒后加 2 毫升钼酸盐溶液充分混匀。室温下静置 15 分钟后，拿到比色室，使用光程为 30 毫米比色皿，在 700 纳米波长下，以水做参比，测定吸光度。再按公式绘制出工作曲线，从中查得磷的含量。

"验血"的结果出来了。

最后一步，将结果跟国家标准比对。

激动人心的时刻到了！

每到这时，刘冬梅都忐忑不安，要按住怦怦乱跳的心去看那个数值。她怕水质下降，怕环境又被污染，怕这颗闪亮的华北明珠再度蒙尘。

比对出来了，三类水！

她甩甩发麻的胳膊，敲敲酸痛的腰背，抬起头，看看士兵一样整齐排列的采样瓶，笑了。干了大半辈子的环保工作，近几年，她才有了真正舒心的笑容。

雄安新区设立之前，面对着采样瓶的水，她抬不起头，更笑不出来。

明珠蒙尘

1972年出生的刘冬梅是土生土长的安新人，从小生活在白洋淀边，是淀水把她哺养长大的。

白洋淀湿地生物多样性资源十分丰富，自古被称作"北地西湖"。

金章宗在战国时期浑埿城遗址（今安新县城）筑渥城，每年来此行春水之典。

元代"每逢三四月间，士大夫公暇，常到淀区，游目骋怀，吟咏唱和"。

明代"高贤逸士或泛长波，或瞻灵宇"。

清康熙皇帝在位61年，40次来白洋淀，写下多首诗词，其中《水淀杂诗》四首最有代表性：

其一

轻舟十里五里，垂柳千丝万丝。

忽听农歌起处，满村红杏开时。

其二

春水船行天上，泠风雨过田家。

深树几声布谷，晚晴千缕明霞。

其三

衔泥双燕沙际，唤雨单鸠树头。

昨夜桃花新水，鲤鱼跃入兰舟。

其四

为爱沙明水远，更看柳鲜花新。

草木禽鱼咸若，河山民物同春。

咸若，意即"万物皆能顺其性，应其时，得其宜"。世间万物，和谐共生，是从古至今有识之士的理想生态环境、幸福宜居家园。

烟波浩渺、水天一色的白洋淀是华北地区最大的淡水湖泊，最大的湿地生态系统。抗日战争时期，白洋淀是著名的水上游击队"雁翎队"的根据地，小兵张嘎的故事也取材于这里，"荷花淀派"更成为全国重要的文学流派。

地处河北省中部、京津石腹地，白洋淀风景优美，物产丰富，历史文化底蕴深厚，因而被誉为"华北明珠"。

刘冬梅小时候，淀水清澈得能照见人影，游鱼穿梭，如若无物。淀边人家，都用淀水淘米做饭。

纯天然的美景固然好，但水源全靠老天，没有量的保证。

20 世纪 60 年代起，白洋淀干淀现象频发。

多年后，刘冬梅查阅资料得知：白洋淀自然蒸发量每年在 1000 毫米以上，湖面若无自然补给，每天因蒸发降低 1 厘米左右。同时，白洋淀地处华北最大的"地下漏斗层"。随着地下水的超采，据测算，两年不补水，白洋淀就会干淀。后来，白洋淀上游兴修水库，入淀水道被截流。几个因素叠加，干淀几呈不可逆转的态势。

1983 年干淀，是白洋淀干淀现象最严重的一次。那时，刚刚 11 岁的刘冬梅还记得，淀里杂草丛生，满目疮痍，靠水吃水的淀边人家无奈之下，只好在淀底开荒，种上庄稼。但缺乏灌溉用水，庄稼也长不好啊。还有些人家干脆放起了羊，羊群在淀底慢悠悠吃草。

鱼，见不到了；鸟，绕道迁徙；一艘艘忙碌的船，歇下来了，渐渐腐朽。

一年又一年，淀边人家苦苦支撑着，直到 1988 年 8 月中旬，旱灾结束，汛期水丰，淀里才终于重现波光粼粼、鸟飞鱼跃的景象。

好景不长，伴随着乡镇企业快速崛起，白洋淀上游没有足够的污水处理厂，工业废水直接泄下来；淀边村庄村办企业及个体户产生的污水、村民家里的生活污水也都直接排到淀里。清清的白洋淀水日益浑浊，水上终日飘着一股臭味。天空灰蒙蒙的，荷花无力盛放，芦苇蔫头耷脑，昔日绕淀翻飞的水鸟避而远之，死鱼事故频繁发生。

1992 年，刘冬梅 20 岁了，目睹了一场白洋淀历史上最大的死鱼事故。

这年 2 月底，淀水正在慢慢解冻，渔民圈养的围栏里，参差倒伏的芦苇旁，死鱼肚皮翻白，横七竖八漂浮在冰面上。3 月初，湖水完全解冻，小鱼苗、半大鱼和几斤重的大鱼都漂在水面上，所有鱼类全部死亡，无一幸存。死鱼密密麻麻，层层叠叠。鱼头鱼尾和鱼身两侧的鱼鳍都发了绿毛，看得人眼晕。

刘冬梅来到淀里时，水面上看不到水草，养鱼用的围栏已经拆除。浓稠的灰黑色的淀水中杂有很多白色悬浮物，刺鼻的气味一阵阵袭来。

她在淀边遇到圈头乡养鱼户老夏。老夏知道她父亲是干环保工作的，看到她就像看到了救星："平时死百八十斤鱼很正常，这次太惨了，野生鱼、虾抵抗能力那么强，也都死了。"

刘冬梅的心都揪起来。

老夏眉头紧紧拧成个大疙瘩："这日子可怎么过哟。"

老夏不知道的是，刘冬梅自幼受父亲影响，立志也要成为一名"救死扶伤"的环保人。

从淀里回来，刘冬梅久久不能入睡。老百姓养点鱼不容易啊，淀边人身体健康也严重受损。她坚信，国家会采取措施的。

1992年8月份，国务委员宋健来到白洋淀。国务院环资委在保定召开关于治理白洋淀水域污染的现场办公会，集中处理白洋淀水污染问题。

10月份，在安新县专门成立二级单位——安新县环境保护办公室。之前，安新县环保工作是和住建局合在一起。

此后，白洋淀生态治理一直缓慢地艰难地进行着。

当时唐河污水库的水井打到了350米以下。白洋淀水位才几十米，200多米深的水都喝不得，水质一直是劣五类。保定市增建污水处理厂，加大白洋淀上游污水治理力度，部分缓解白洋淀水污染，却不能从根本上改变水质，也没法增加水源。从1997年到2003年，水利部和河北省不惜代价，先后从上游水库中11次调水9亿多立方米补给白洋淀。2003年，水利部和河北省制定了"引岳济淀"方案，从属于南运河水系的岳城水库经子牙河水系向白洋淀调水。到2004年，引水4.17亿立方米，使白洋淀水位提高到7.3米左右，一定程度缓解了白洋淀的水源紧缺。随后，为解决这一生态难题，国家启动南水北调工程。

这些，刘冬梅是在工作后逐步了解到的。

1993年，她进入安新县环保局工作。

真正干这行，她才知道当环境的"医生"不是那么容易的，更不是光鲜亮丽的。

在淀里跑，冬天冷夏天热。冬天的早上，她总是那个等候太阳的人。夏天蚊虫肆虐，身上只要露出来的地方都被咬肿了，胳膊上一撸就一片蚊子。带花露水？带什么都不管用，蚊子太多、太大了。

路过寸土寸金的水村，村街特别狭窄，最窄的过道，两个很瘦的姑娘侧身都过不了，必须一个人退出，另一个人过去，退出的人再走。很多村民家里不具备上厕所的条件，一个村一两个公共厕所，同样特别狭窄，碰到有人，实在是进不去。常常到淀里一去就是一天，十多个小时才能回，她坚持着不敢喝水，就怕上厕所。

1996 年，刘冬梅入党，迄今已有 28 年党龄。

全身心投入到工作中，她顾不上自己年幼的儿子。白天，儿子一直是姥姥帮忙带，晚上刘冬梅忙完工作，才接回来。老人家是退休小学教师，与女儿住同一个小区，不同的楼，就为了方便照顾外孙子。父亲也退休了，作为老环保人，他对女儿说的最多的一句话是："你忙你的，别的不用管。"

2007 年，刘冬梅的儿子上小学了。一天半夜，她和同在环保局工作的爱人接到通知，监测企业发生污染事故，紧急开会。刘冬梅看看时间，已经 10 点了。老人睡觉早，这时若把儿子送到母亲那里去，母亲就被吵醒了。她想，大半夜的，会肯定开得快，还是不折腾母亲了。匆匆叮嘱完儿子"你看会儿动画片，爸爸妈妈去开会，一会儿就回来了"，两人就出门了。

谁想，一直忙到凌晨 2 点，才把这次污染事故处理完毕。

回家的路上，县城的街道空无一人，家家户户都已进入深度睡眠，小区居民楼一片漆黑。"儿子应该早就睡了吧。"刘冬梅心里忐忑。快到自家楼下了，远远的，她看到家里的几扇窗子灯火通明。儿子还没睡觉？怎么灯还开着？她慌忙跑起来，打开家门的那一刻，鼻子都酸了：只见家里所有的灯都亮着，电视还开着，儿子蜷缩在电视前面的沙发上，抱着靠枕，极不安稳地睡着了。孩子这是怕黑啊，刘冬梅心酸地想，看来是实在坚持不住了才睡着。

刘冬梅的母亲知道了这件事，责怪女儿："别为了工作就扔下孩子啊。"

"有工作，就要把工作干好。至于困难，就克服呗。"刘冬梅觉得，只要环境能好起来，这些都不叫事儿。"而且，我们这样干工作，儿子看到了，还有好处呢。"

"好处是什么？"

"儿子说，他从小就知道得学习，每个人都有每个人的分工，我们的任务是工作，他的任务就是学习；我们把工作做这么好，他的学习也要学好。"

后来，儿子果然成长得很独立，很优秀，在南京读大学、读研究生，一点也不让刘冬梅费心。

因为工作出色，2014年起，刘冬梅任安新县生态环境局监测站站长。

总往淀里跑，风吹日晒，她清秀的面庞染上岁月的风霜，双手也干燥粗糙。她不在乎。她在乎的是，怎样才能让白洋淀的水清澈起来。

这时候，白洋淀的空气和水在艰难地好转，但太缓慢了，一般人察觉不到。参加工作20年了，每次有个同学聚会或是朋友家婚丧嫁娶什么的，刘冬梅都不敢说自己是环保局的。大家聊起来，都说水是臭的啊，一天都是雾霾天儿。她听着，脸都红了，真不好意思说自己干的是环保工作。

越是如此，她工作得越是认真，心里坚信，环境会好起来的，一定会。

这样抬不起头的日子她过了很多年。直到 2017 年 4 月 1 日傍晚，《新闻联播》里传出激动人心的声音："日前，中共中央、国务院印发通知，决定设立河北雄安新区。这是以习近平同志为核心的党中央作出的一项重大的历史性战略选择，是继深圳经济特区和上海浦东新区之后又一具有全国意义的新区，是千年大计、国家大事。"

作为雄安三县之一，安新县的大街小巷沸腾了。

这里，将会有多大的建设力度？

此时，白洋淀整体水质为劣 V 类。

雄安新区的设立，给了"华北明珠"重放光芒的机遇。

白洋淀上的"水医生"，也终于能挺起腰杆，自豪地说一声："我是环保人！"

柳暗花明

白洋淀是华北平原上最大的淡水湿地，在涵养水源、缓洪滞沥、固碳减排、调节区域间小气候、维护生物多样性方面起着重要作用，被誉为"华北之肾"。

雄安新区的选址因白洋淀而定在雄县、安新、容城三县。

雄安是未来之城、智慧之城，也是生态之城、文明之城，要建设蓝绿交织、水城共融的城市。

雾霾天变蓝天，臭水塘变绿波，这样的转变是刘冬梅梦寐以求的。她深知，白洋淀生态环境一定要治理好、修复好、保护好，只有清新亮丽的"华北明珠"，才能与"千年大计"雄安新区相伴而行，更好地助力新区城市建设和生态文明建设。

雄安与白洋淀，一个是新城，一个是明珠，两者因水而结缘，也注定要共融共生。

"不让一滴污水流入白洋淀！"河北省提出了这样一个破釜沉舟的目标。

白洋淀迎来有史以来最大规模的系统性生态治理：退耕还淀、生态补水、废污治理、生态清淤、湿地建设……多管齐下，综合施策，努力让目标变为现实。

很快，好消息一个个传来。

河北省实施白洋淀综合治理和保护重点项目总计139个，生态补水28.9亿立方米，为白洋淀上游筑起生态屏障。

雄安新区设立后，雄安三县当年即排查"散乱污"企业

生　长

12098 家，取缔关停 9853 家，整治改造 2245 家。紧接着，2018 年新排查"散乱污"企业新增 514 家，全部停产整治。

新区对 103 个淀中村、淀边村开展"一村一策"专项整治，改变原生村落生活污染物入淀的情况，有序隔离生产、生活、生态空间。因地制宜配建 115 座小型污水处理设施，污水处理后全部导排到淀外综合利用。

河北省加大白洋淀生态治理力度，雄安新区铁腕治污，刘冬梅和同事们看在眼里，喜在心里。她想，唯有更加精心地将水质监测工作做好，为生态治理提供万无一失的数据基础，才对得起自己的工作，对得起自己的党徽。

单位的智能化自动实验室，一天能做两百多水样，相对应的，就要采两百多水样。刘冬梅和同事们早出晚归，至少要采一天。如果遇到突发状况，采不完，就要加班加点。

汛期到了，白洋淀防汛任务艰险繁重。有时候睡着觉，一场大雨下来，水直接淹了半个床。这时，环保局工作人员就要全部上堤。男士扛沙包，女士负责留守后边的工作。

大量雨水进淀，采水样充满了风险。

年复一年，日复一日，刘冬梅在环保局工作了 30 年，什么样的天气没遇到过？

2021 年 7 月 26 日，大雨过后，她照例早早来到淀里。

平时人山人海的荷花大观园被淹了，里边也不知道水有多深，她和同事试探着一步步蹚着水进去。这个景点因为游客多，有宾馆、饭店，她们需要去采污水处理设施排出来的水样。

一个个点位走下来，一次次提心吊胆。

终于来到最远的烧车淀。此时，白沟引河的水泄下来，烧车淀水量激增。留通桥是个采水样的点位，水位上涨，留通桥被埋在水下，都看不到了。水一个劲儿往下走，刘冬梅雇的快艇往上走，逆流而上。刚刚使劲顶上去，"哗"就给冲下来了。

船工急了："这样容易翻船啊，到不了那儿，还是别去了。"刘冬梅赶紧安抚船工："别急别急，咱们先在水流平缓的地方等会儿，看看能上去的时候再去采。"

船工无奈地看了她一眼："这是不打算回去啊，非完成任务不可。"

又冲了几次，船停住不动了，出了故障，船工着急起来："我说不要上来，你非上来，你看船坏了，怎么着？待着吧。你为了工作，上来了。机器坏了，这一下出来这么老远，怎么弄？前不着村儿后不着店儿。"

刘冬梅一脸歉意："那要不师傅你先喝点水，先看看能不能修？实在不行的话，咱们这地儿就快到容城了，我给容城环保局打个电话，咱们再找救援。"

船工真是拿这个"铁娘子"没辙："行吧，我试一下。"他弯腰检查发动机，发现掉了个活塞帽，拧上之后，再摇发动机，轰鸣声响起。

多么动听的声音！刘冬梅提着的心终于放下了。

船工也松了口气："还可以，好了，走吧。"

刘冬梅一迭声地感谢。终于来到了规定的采样点。她凭着丰富的经验快速采好水样，完成任务，安全返回。

这是雨后的采样经历。还有一次雨前，也惊心动魄。

刘冬梅记得，那是在 8 月份的一天傍晚，在圈头村到东淀头之间，还差一两个水样时，就看着东边乌云移动，天气上来了。她舍不得即将完成的采样任务，暗存侥幸，也许能赶在雨下来之前采完了呢？

船工老张拗不过她，全速行驶到采样点。她迅速将采样器放入水中，待数值稳定，马上提出来。刚采完，未及回返，突然看到东南方向天气赶了过来，一股龙卷风猛推着乌云，云就压下来了，大雨直接往淀里倒。在一览无余的水面上，没有避雨的地方，躲无可躲，船上几人瞬间湿透了衣服。

老张急忙开船返程。开了没一会儿就被白茫茫的雨雾遮住视线，辨不清方向。雨越下越大，船上迅速积水，很快，船舱中的水就到小腿了，船开始倾斜。见此情景，刘冬梅心里直打鼓，太危险了。老张急忙找出趁手的家什，舀子、盆、垃圾桶，都拿来，让她和同事向外淘水。

手忙脚乱一个劲儿淘水，还是赶不上积水的速度。就在大家都怕船要沉了的时候，老张凭着丰富的经验将船开到了芦苇地边，停下来，沙哑着嗓子说："上岸吧！如果船沉的话，就不要这船了，保命要紧。"

三人在芦苇地淋着雨，衣服湿透，风一吹，瑟瑟发抖。一直等了一个多小时，雨停了，把船里边的水都淘出来，才终于往回返。刘冬梅回来后累得腰酸胳膊疼，也顾不上休息，赶紧换了衣服，把结果做出来。

雨季难，冰上采样更难。

2023年1月13日，正值腊月，淀里冰面空旷，寒风刺骨。刘冬梅和同事裹紧羽绒服，来到烧车淀。这里离村子很远，在村里下了车，最少得走两公里路。她找了郭里口村老邓帮忙引路。老邓拿着根棍子，边走边试探一下冰面。

三个人，拿着四个采样瓶，还有现场测定 pH 值、溶解氧的设备采样器，这些东西加起来分量很重。平路走两公里就很累，在冰上走两公里，还得拿着劲儿，试探着走，最少得走 25 分钟，来回光走路就近一个小时。

邓师傅寻思着，回来时拎着水太沉，若装在电动车小筐里，推着走，还能省点劲儿。

往常，腊月里，白洋淀的冰都很厚，人在冰上走，完全不用担心。现在白洋淀到处都在施工，清淤的大船来回在冰面上压，不停地闯，再加上机械散热，白天闯完，冰就化了。晚上零下十几度，冻一晚上，白天再度施工，又化了。

冰就一直冻不结实。

试探着，拿着劲儿，小心翼翼终于走到采样点，采完水样赶紧往回返。

邓师傅推着电动车，帮忙把水样拉回来。眼看快到岸边了，邓师傅就大意了，没拿棍子试探。前面整块冰忽然下沉，邓师傅连同电动车一下子掉进水里。

刘冬梅和同事走在后面，吓得一激灵，赶紧刹住脚步，大喊："邓师傅！"

旁边清淤的工人听到喊声，赶紧开着大船过来，放下绳子将邓师傅救上来，电动车也捞上来了。

邓师傅身上的羽绒服全都湿透了，沉甸甸地滴着水，冻得直打哆嗦，还不忘电动车小筐里的采样瓶："看看样本没事吧？"

"没事没事，您快回家换衣服，别冻感冒了！"刘冬梅后怕得心里咚咚擂鼓，赶紧让清淤船帮忙把电动车和人都送上岸。

惊险异常的采样结束，刘冬梅惦记着邓师傅，回到单位第一时间发微信问候："邓师傅还好吧？您看这事儿该怎么处理？有什么要求吗？"

邓师傅很快回复："没事，挺好的。就是我这电动车的电瓶被水泡了，用不了了。"

"那我们给您更换一个，多少费用？"

"一个电瓶九百，给我九百就行了。"

刘冬梅只觉得胸口热乎乎的，兴高采烈地跟领导汇报，赶紧把钱给了人家，回头再报销。领导一听也很惊讶："幸亏没出大事儿，还遇到好人了，真挺实在的。别说九百了，碰上这事儿，人家跟着受累不说，还掉冰窟窿里冻了一场，要三五千也应该。"

领导看着刘冬梅高兴的样子，说："这也是你三十年来工作做得好啊，跟当地村民都有感情了。"

除了冬夏两季的雨和冰，白洋淀还有一个特殊的时期，半冰半水的"铲河期"。这是在春节过后，白洋淀的冰解冻的时期。

这时候的淀水很美。已解冻的地方，水波如白练涌动，在阳光下泛起碎金样的光芒。尚未解冻的地方，白亮的坚冰渐渐融化成蓝色的冰凌。冰丝也绷不住了，冬日的横丝一扭身，垂下越来越松动的竖丝。这些冰凌一条一条的，厚的地方蓝得发黑，薄的地方蓝得透亮，深浅不一的蓝色和白亮亮闪着金光的水波一条条交织在一起，此时的白洋淀是一幅美丽的水彩画。

冰凌下的淀水哗哗流动，鱼群在冰下翻涌。被冰凌夹着的水波里，时时有一群水鸟游过，仿若琴弦上的音符轻快地滑动。

这时候去淀里采样，刘冬梅很喜欢看快乐的水鸟和鱼

————————————————— 生　长

群，看清澈的水波。但她没时间沉浸在美景中，要时刻注意前方"路况"。此时，快艇就不能坐了，很容易会被未融化的冰闯漏，要坐铁壳船。只要是铁壳船能闯开的地儿，就是比较安全的。如果实在闯不开，还没到采样点，她就试探着、拿着劲儿在冰上走。有时在冰上走着走着，前面冰又薄了，承受不住人体重量。这时不要逞强，赶紧停下，等待铁壳船换个地方闯过来。稍有不慎，就会像那次邓师傅那样，掉进冰窟窿。

与朋友们说起这些经历，说不害怕是假的，但刘冬梅觉得干工作理当如此："所有的工作我都觉得只是干了自己的分内之事，就是职责所在。"

白天采水样，晚上加班出报告。忙不完，周六日就加班。刘冬梅和同事们一丝不苟的水质监测，给出了生态治理成效最有力的数据：2017年劣五类、2018年五类、2019年四类，白洋淀水质逐年改善。2020年6月5日，世界环境日当天，白洋淀流域生态环境监测中心挂牌成立，在全流域设置61个考核监测断面，建设42座水质自动监测站，上游各市对流域内全部入淀排口及852家重点监控涉水企业安装污水在线监控设施，织密流域监测网络。

2021年，白洋淀淀区及上游有水入淀河流水质全部达到三类及以上标准，为近年来最好水平，进入全国良好湖泊行列。

2022 年、2023 年、2024 年，白洋淀一直保持着三类水的标准！

生态环境以肉眼可见的速度好转。雾霾天越来越少，代之以天空的"雄安蓝"；白洋淀的水越来越清亮，鸟类也越来越多。碧水清波，水鸟翔集，刘冬梅欣喜之余感觉自己肩上的责任更重了："这样珍贵的景象一定要好好守护啊。"

治"病"救淀

2024 年 5 月 5 日，正值劳动节假期，白洋淀荷香苇海，鸟翔鱼跃，游人熙熙攘攘。在众多的游船中，有一艘不起眼的小船，照例是由村里有经验的老船工驾驶着，船上整齐摆放着采样器、采样瓶，那是刘冬梅和同事采水样的船。

看着采样瓶里和矿泉水一样清澈的水，刘冬梅对白洋淀的水质很有信心。此次监测结果却令她警惕起来，pH 值 8.5。从上周开始，三次监测，pH 值 7.3、7.5、8.1，现在 pH 值 8.5，有升高的趋势了。pH 值标准是 6 到 9，虽然 8.5 也算正常，但平时基本上都在 7.3 左右。这样逐步升高的趋势，就像一个人血压很稳定，突然慢慢升高，虽然还未到最高值，但也必须查明"病因"，不能拖延"病情"，要抓紧时机"对症下药"。

刘冬梅赶紧向领导汇报，提出预警，局领导迅速安排碧水中队现场查看。

碧水中队，是安新县环保局稽查中队的名字。顾名思义，其职责是维护好白洋淀得来不易的清清碧水。来到 pH 值升高的几个采样点位，碧水中队的工作人员分头行动，查生产生活用水排放、查污水处理设备、查方圆几里水域内部情况……最终汇总调查结果：这几处水域水草繁茂，生长到一定程度，自行腐烂，造成水体生态污染。

"病因"找到，"治病药方"很简单，打捞水草。但这些点位都在国控点附近，不能私自施工。碧水中队马上将相关情况汇报给中国环境监测总站，总站通过方案之后，立即组织人员打捞水草。水草打捞干净，刘冬梅继续采水样，每周不停地监测，很快水质 pH 值有下降趋势，慢慢下降到了 7 点多，总磷、化学需氧量都降下来了，她终于放心了。

从劣五类水，到三类水，白洋淀"身体"状况的改善，对这些白洋淀上的"水医生"来说，绝不是一个简单的数字。刘冬梅深知，为白洋淀"切脉问诊"的水质监测工作，是后续白洋淀生态治理的数据基础，一定要做到准确无误。她时常对新入职的同事们说："白洋淀被誉为'华北明珠''华北之肾'，现在更是雄安蓝绿交织、水城共融的载体，是新区明亮清澈的眼睛，水质监测丝毫马虎不得，一定要严把监测的质量关，力争创造监测的雄安质量。"

她已经记不清自己迎接、教导过多少年轻的新同事了，手把手教他们掌握监测的程序，一点点细抠注意事项，每个环节都力求严密、精确。

单位女同事多，刘冬梅总是让她们忘记自己的性别，时常强调："女士与男士没什么不同，哪怕力气上差点，技巧和智慧也可以弥补，不要搞特殊化。我只看工作完成质量的好坏。"一个铁娘子带出了更多的巾帼英雄，安新县环境监测站被县妇联评为三八红旗集体。

为了充分发挥自己的经验，呵护好白洋淀的"健康"，工作30年的刘冬梅，从不倚老卖老，总是对局领导说，有需要她的地方，一定随叫随到。

有个冬天的夜里，凌晨3点，她接到局领导电话："马上来单位一趟，审计需要你这儿出检测结果证明。"放下电话，刘冬梅马上穿衣出发。

拿着车钥匙走出来才发现，她的车在改发局院里停着，人家把大门锁上了，车开不出来。怎么办？若是去找改发局开门，万一不顺利，就耽误事儿了。凌晨3点的县城，出租车也打不到。她当即决定，走过去。

从暖和的被窝里出来，外面寒风侵肌透骨。从家到单位的路有一公里多，刘冬梅加快脚步，一路小跑，很快就跑热了。街上空无一人，路灯全都亮着，灯火通明，心里还是有点儿害怕。跑着跑着，忽然看到前面有个清洁工，手中挥舞着扫帚划过路面，唰唰，唰唰唰。刘冬梅觉得，这声音真动听。若是在以前，凌晨 3 点的县城，哪有灯光，一片漆黑；哪有清洁工人，要到六七点才会有人来打扫，街上哪有这么干净整洁。

她想起自己去采水样，在淀里经常遇到水上保洁员。他们也是早出晚归，在淀里的每个角落巡视，随时捞起水中的垃圾。

20 分钟后，刘冬梅走到单位，马上投入到紧张的工作中。一直忙到快 6 点才回家。晨曦微露，空气新鲜，清早的县城，静谧中透着祥和，安稳中蕴含生机。

整天想着怎样治"病"救淀，刘冬梅自己却在工作中生病了。

那是在 2019 年，她去检查一个有色金属企业。正站在原料库里监测，猝不及防地开进来一辆前四后八的大货车，原料库里瞬间烟尘弥漫，对面看不见人。过了好一会儿，尘土慢慢落下，刘冬梅继续监测，结束后就回单位了。当时也没觉得有什么。大概过了两个月，她老感觉鼻子出气儿不太好，呼吸不太顺畅，嗓子也老觉得有东西，有异物感，工作劳累时都喘不上气儿。她不得已去医院检查，做过敏源测试，最终诊断肺功能重度混合性呼吸功能障碍，就是跟俗话说的哮喘差不多，需终身服药。

这几年，刘冬梅随身携带沙美特罗替卡松吸入粉雾剂，一天两次，每天要用。即使这样，工作特别繁忙紧张的时候，她也会觉得憋气，呼吸不畅。

现在，她正在努力通过加强锻炼，多跑步，提高抵抗力，希望肺活量大一点儿，能好一点儿。她笑着对担心她的母亲说："不要紧，你看现在环境这么好，跑跑步看到的都是美景，之前雾霾的时候哪敢跑啊？很快我身体强壮了，这个病就会轻多啦。"

母亲看着她，担忧的话没说出口："就怕你工作忙起来都没空跑步啊。"

明珠闪亮

这天，刘冬梅采样的小船来到圈头乡附近，遇到乡政府工作人员马九洲。为了多角度掌握白洋淀水质情况，她请马九洲帮忙，带自己去实地观测鸟类栖息状况。

在一处芦苇丛旁，他们看到两只青头潜鸭成鸟带着四只幼鸟正在水中"散步"。这些呆萌可爱的小鸟其乐融融的样子，让刘冬梅忍不住扬起嘴角笑了："青头潜鸭真的在咱们这里安家啦。"

"那是当然。"马九洲说，"俗话说，'水中无倒影，青头不落脚'。青头潜鸭是世界极危物种，国家一级保护动物，对水质要求很高，是鸟中大熊猫，更是环境检验师。它们能来，说明咱们这里的水质很棒！"

小船继续前行，作为当地负责护鸟工作的干部，马九洲对白洋淀内各种鸟如数家珍："现在青头潜鸭、黑天鹅、白天鹅、白鹭、苍鹭、草鹭……都非常多。截至 2024 年 6 月，白洋淀鸟类种群数量已达 286 种，较新区设立前增加 80 种。"

刘冬梅看到一些"小鸡"在水中追逐嬉戏："你看前面那是什么？"

"白骨顶。"马九洲说，"它们以植物为食，偶尔也吃鱼。"

"我想起来了。"刘冬梅脑海中闪过小时候的画面，"小时候这种小鸟可多了，人们都逮来吃。"

"现在不能吃啦，白骨顶是国家保护动物呢。"

"现在人们都知道爱护淀里的水鸟了。看前面，两只野鸭，成双成对的，真好，真自在。"

从马九洲那儿获取的鸟类信息，让刘冬梅对白洋淀水质更加有了信心。现在，"华北明珠"已经越擦越亮啦，很多水鸟用双脚为白洋淀投票，来这里安家。

当刘冬梅采样的小船在白洋淀芦苇荡中穿行的时候，常看到有些水鸟就站在身旁的苇子上，离船只有几米，却安静地看着她，不慌也不飞。那眼神中的信任和从容让刘冬梅心里的暖流像这淀里清澈的水流一样，翻腾涌动着。

水流之下，多年不见的青虾、对虾快速穿梭，一群群中华鳑鲏游来游去。中华鳑鲏有着深蓝色的背部，粉红色的腹部，淡黄色的鳍点缀了黑斑，尾巴上还有橘红色纵纹，像

水中盛开了很多五颜六色的小花朵，怪不得它们也叫彩石
鲋呢。这些活泼的小鱼，让刘冬梅惊喜不已。鳑鲏鱼对水质
有严格要求，包括 pH 值、溶解氧、温度稳定性、清洁度和
无毒性等都要达到一定的标准。鳑鲏鱼对水质变化非常敏
感，被视为水域环境健康的"晴雨表"。白洋淀已经有很多
年没有见过这种鱼了，如今它们重现白洋淀，是对白洋淀
水质的认可。

　　鳑鲏鱼游远了，刘冬梅抬起头，雄安启动区方向的"金
芦苇大厦"映入她的眼帘。那是雄安地标性建筑——中国中
化大厦，目前已呈现出层层簇拥、拔节生长的体态。她知
道，大厦附近，雄安体育中心、雄安国贸中心、雄安宣武
医院等一大批建设项目已拔地而起。

　　"未来之城"雄安画卷徐徐铺展，"华北明珠"白洋淀
熠熠闪亮。建设一座城淀相望、水城共融的生态文明典范城
市，是雄安新区的使命之一。

　　现在，参加朋友聚会，刘冬梅再也不会不好意思说自己
是环保人了，现在她可以很骄傲很自豪地说环保工作："空
气好了，水清了，我们去采水样，我随便打出来一瓶水，
和矿泉水都差不多。"

　　在她看来，水质达标，要的是真正的达标，是让老百姓
真正感受到水质的改善就是生活环境的改善。

　　从前，淀水污染严重，很多村民对环境是有怨言的。现

在，空气好了，水好了，居民生活条件也大大改善。工业废水和生活污水的污染都见不到了，所有的淀边村都建了农村污水处理站一体化工程。刘冬梅再去淀里，早就不用一天十多个小时忍着不喝水了，现在的公共厕所是水冲的，收拾得特别干净，还有空调。

公园也多了。原先堆满垃圾的臭水坑，现在清了以后就施工建成公园。原先垃圾都是随便往淀里一扔，现在村民也跟城里人一样，把垃圾扔到垃圾桶里，每天有人清理，村里整洁美观。

淀里鱼虾也多了，两三个月的禁渔期之外可以捕鱼。但规定了网眼大小，要保护鱼苗。

现在淀里很多网红村，开直播的非常多。若是以前，直播出来效果不好，没人来呀，来了，水都是臭的。现在的直播画面，蓝天白云，水清鱼跃，苇绿荷红，水鸟翔集，都是风景大片的感觉，游客纷纷被吸引。游客增加，村民收入也增加了，天天笑得合不拢嘴。

刘冬梅每次去采水样，总要关注村民的污水处理设施，遇到问题及时解决，不让一滴污水排入淀里。有时不是她工作范围内的事，只要涉及环保，她也从不袖手旁观。

有一次，刘冬梅遇到个特别有意思的村民，只见他划着小船，戴着顶大草帽，随着船桨的律动美滋滋地哼着歌："我俩的情，我俩的爱，在纤绳上荡悠悠……"

刘冬梅大声跟他打招呼："大伯，你这是干什么，这是？"

大伯停下歌声，扬声回答："逮点儿鱼，做点儿菜。"

刘冬梅一听就急了："现在是禁渔期，不让逮鱼，不让下网。"

大伯不乐意了："逮点儿鱼都不让，你是干什么的，你是？"

"我是生态环境局的。"

大伯不理解："我爷爷、我爹都上这儿逮鱼，现在还受管制了？"

刘冬梅耐心解释："咱们这整个禁渔期到7月底，等到8月份你就可以出来逮鱼了。"

大伯还想争取："我抓两条鱼也不卖，自己吃。那还违法了？"

刘冬梅丝毫不退让："政府禁渔是为了让你们以后逮更多的鱼。"

大伯只好打道回府："那要不让逮，我就不逮了。"

"好，谢谢对我们工作的支持。"刘冬梅笑了，"现在正是汛期，风浪大，你怎么没穿救生衣？"

大伯自信满满："我从小打淀里长大，水性好。"

"水性好也不行。现在这个浪比较大，我这儿有个救生衣给你穿上得了。"

　　　　　　　　　　　　　　生　长

"不用了。"大伯还要推辞，刘冬梅已经将救生衣扔到他船上："别，给你。注意安全。"

大伯划着船走了，边走边笑："得，鱼没逮上，白捡了一件救生衣，回家了！"

"划慢点！"刘冬梅大声告别。

大伯的歌声又飘了过来："光棍是多么的讨人嫌哪，光棍有酒喝呀，光棍有烟抽……"

刘冬梅看着大伯的背影，笑了。这要搁前些年，淀水严重污染，时不时发生大大小小的死鱼事故，谁还有心思唱歌哟。

雄安新区的设立，是国家重大战略。作为环保人，刘冬梅的工作量与之前相比成倍增加，但她从不叫苦叫累，她觉得自己是受益者，环保工作大有可为。

2020年，刘冬梅被评为全国最美基层环保人。

2022年，她受邀参加央视的国庆晚会，还和朱迅合了个影，很开心。她不仅仅是在跟亲戚朋友们聚会时骄傲自豪，从家乡出去，对外边的人介绍自己的家乡，更加骄傲自豪："我是白洋淀畔的，白洋淀现在可漂亮了，我们那儿变化特别大。"只要对方有时间，她能一直说。

到2024年，刘冬梅已经干了30多年环保工作，环保理念深深刻进了骨子里。她走在广场上，看到垃圾会马上弯腰捡起来："这是谁扔的？先把它放到垃圾桶。"

每次去淀里，她总要叮嘱同船的人："一会儿上船以后，垃圾什么的也都放到船上的垃圾桶。咱们白洋淀是不允许存放任何垃圾的，咱们要保护水，保护环境。"

看着单位里的小伙子小姑娘都已熟练掌握水质监测流程，她很欣慰。朋友们常听她说："退休以后，我就去白洋淀当一个环保志愿者。相信我这些年的经验不会浪费，医生越老越值钱，'水医生'也是啊。"

淀水悠悠，荷香阵阵，芦苇丛边几只白鹭像是听懂了她的话，双翅一拍，凌波而起，洁白的翅膀抖下闪亮的水珠，像一朵朵小小的白云鼓动。看着它们双翅展开，长足伸直，自由翱翔于长空，刘冬梅眉眼弯弯，会心地笑了。

生 长

黄湾潆秀

默认长度 1000 毫米，总产量每小时 120 千克，计算速度每秒 564.98 毫米，实际速度每秒 565.2 毫米……吹膜机不停旋转，白亮亮的塑料薄膜瀑布般俯冲而下。回收的旧塑料重新造粒，一转身，变得净白如雪。

李双京从塑料厂出来，迎面碰上村里"记者"王艳婷。王艳婷探头看看她身后的厂子，压低嗓门："你还在这儿吹膜呢？听说咱这里的厂子都要关停了！"李双京看看灰蒙蒙的天，躲开街面上的污水，皱起眉头："真要一刀切？以后上哪儿找这家门口挣钱的活儿啊……""不好说。"王艳婷一手掩着口鼻，一手扇风，神色凝重，"谁让咱这儿是新区了呢？"

两人边聊边往家走。她们身后，几棵杨树正抽花吐蕊，软塌塌的花穗蒙了层灰尘，像毫无生气的毛毛虫。风一吹，"毛毛虫"纷纷掉落，栽进街边的污水沟。

一

几个月后，李双京坐在饭桌前，拿着最后一笔工资发呆。多年来，她靠着在家门口塑料厂打工，每个月能挣几千元，家里吃穿不愁，生活小康。如今，厂子被关停，她因长期在室内工作被捂得苍白的脸此刻更白了，愁得饭都吃不下去。

排查"散乱污"企业12098家，取缔关停9853家，整治改进2245家。

这是2017年4月1日雄安新区设立后，雄县、安新、容城——雄安三县当年治理污染企业的统计数字。

紧接着，2018年新排查"散乱污"企业新增514家，全部停产整治。

雄县，曾是中国北方最大的塑料包装印刷基地。作为全县十大塑料专业村之一的"白色经济大户"——雄州镇黄湾村的天晃了；地震了。

往后日子怎么过？土里刨食？靠自家那点地，够干什么的？李双京想来想去，想不出个头绪，她坐不住了，一溜小跑来到"记者"王艳婷家。未进门，先闻声。王艳婷家已经挤了一屋子人：王小芬、汝雪茹、赵艳花、田瑞清、姚春梅……都是往常一起跳广场舞的姐妹们。大家没了往日爽朗的笑声，嗓门倒丝毫不减："新区，新区，还没见着好处呢，先把吃饭的家伙整没了！""就说啊，咱又比不得年轻人，可以去外地打工。""'记者'王艳婷消息最灵通，你说说看，这新区到底要怎么着？"这群平均年龄40多岁的大妈们，都把殷切的目光投向王艳婷。

"新区呀，以后怎么着说不准，眼下是肯定铁了心整治污染！"王艳婷的话断了姐妹们的念想，"咱村砍掉83家厂子，只剩4家符合新区环保要求的。"4家！全村近半数村民都在厂子里务工，4家够干什么的？

早就为村里白色污染发愁的村党支部书记刘秋乱，看看雾霾笼罩下的黄湾村，用手扇了扇臭烘烘的塑料燃烧的气味，再次重温这两年中央一号文件：2017年强调推行绿色生产方式，深入开展农村人居环境治理和美丽宜居乡村建设；2018年强调坚持人与自然和谐共生，加强农村突出环境问题综合治理，持续改善农村人居环境。

可见，国家早已着手治理环境污染，建设绿水青山的宜居家园才是可持续发展之路。新区铁腕治污，加快了家乡生态环境改善的进程。淘汰污染企业是历史的选择，建设绿色家乡是今人的责任，塑料行业必须转型！黄湾村将何去何从？

二

村以湾名，水音在耳。黄湾村坐落于雄安新区白洋淀畔，曾是三面环水的半水村。

《山海经》中有载，上古时期白洋淀是黄河故道。大禹治水最后一站就是白洋淀，黄河中的泥沙淤积出白洋淀周边的冀中平原。早在新石器时代，白洋淀一带就有人类聚居繁衍。几千年来，此地传承着半渔半耕的古老文化，生长着曲曲折折的水故事。

雄安三县地处燕南赵北，也是宋辽边界。何承矩曾在此设置塘泊防线"水长城"，雄县段宋辽古战道如今已建成大台遗址公园。抗日战争时期，雄县是英雄连队"硬骨头六连"诞生地。

如今和平年代，拥有3000多人口的黄湾村，怎能被眼前的困难压倒？刘秋乱的目光逡巡过家乡的悠久历史，落在村里广场上。

又是一个人间四月天。连续两年铁腕治污，白洋淀水清了，新区重现蓝天白云，被人们亲切地称为"雄安蓝"。杨树花又开始纷纷扬扬往下落，在春风中打着旋儿，给整洁的街道织了层紫红色毯子。只是，现在人们清闲了，昔日热热闹闹的广场舞大军，反而只有零零星星几个人，舞不起来了。

厂子关停了，精气神不能倒！污染产业不能干，那就打生态牌、走绿色路，用另一种方式"舞"起来！

"重大消息！"王艳婷走街串户，发布新闻，"书记要在村里组建女民兵连！"女民兵连？大家面面相觑，挣钱的道

————————— 生 长

儿还没着落，谁有心思当民兵？

"我当！"王小芬心动了。她家是做买卖的，卖小吃。以前村里人不是忙着开厂子，就是给厂子里打工，没空做饭，她家小吃很红火。现在她不忙了，和姐妹们整天打麻将、唠闲嗑，生活突然变得没意思。生性要强的她，听说书记组建民兵连是要建设村子，大干一场，赶紧去报名。什么？要50岁以下的？王小芬蔫了。2019年，她已经55周岁。

20多年来带领黄湾村从乱到治、由穷变富的党支部书记刘秋乱早就发现，村里很多事务跟男人说，男人要回家商量商量；跟女人说，能直接拍板。把村里妇女团结起来，拧成一股绳，共同把村子建设成美丽黄湾、魅力黄湾，向"硬骨头六连"红色精神看齐！他把这个思想纲领跟村干部们一说，大家举双手赞成，这才有了王艳婷的"新闻发布"——组建女民兵连。

一个月过去了，女民兵连的筹备远没有想象中顺利。近水的村子要和水患做斗争，在严酷的自然环境中生存下来，村风彪悍，女性也多是"能征善战"的干将。为什么没几个人报名？归根结底，还是关停厂子的打击太大了，大家看不到村子的出路和未来，没有干劲。

怎么办？刘秋乱一方面加紧筹划绿色发展之路，一方面放宽首批女民兵年龄限制。55周岁的也要！王小芬听闻消息，激动得一路小跑去报名。5月4日，她正式成为黄湾村女民兵的一员。

三

一阵阵垃圾腐败的臭味迎面扑来，胡晓云捂住鼻子，直犯恶心。这个从承德嫁过来的性情爽利的女子，已在黄湾村生活了20年，还是第一次近距离看垃圾场。五颜六色的塑料袋和黑乎乎的垃圾堆积如山，旁边水坑浮着一层厚厚的深绿色泡沫，看得人眼晕。这里坑坑洼洼，车开不进来，清杂草、挖淤泥、搬走垃圾山，要靠双手干。

此时，女民兵连刚刚成立，她被推举为连长，手下有20个兵。可这些兵，平均年龄超过45岁！胡晓云在民兵连中算是年轻的，也已41岁。年轻人纷纷外出打工谋生路，就这20个兵，还是东拼西凑动员起来的。

胡晓云心里暗暗叫苦，这活儿，怎么干？

看着等待她发号施令的20个"姐妹兵"，她觉得那些目光是有重量的。"这是一个晴朗的早晨／鸽哨声伴着起床号音／但是这世界并不安宁／和平年代也有激荡的风云……"训练时的歌声又在耳畔响起来，她想起接过连长重任时书记期待的目光，想起诞生在雄县的那支英雄连队"硬骨头六连"的三股劲：压倒一切敌人的狠劲；坚持到底的后劲；百折不挠的韧劲！

现在，眼前的杂草、垃圾和污泥就是敌人！

——————————— 生　长

"开拔！今天把这片杂草全部清掉！"胡晓云带头，20个兵手持镰刀，迅速进攻。太阳越来越高，杂草一片片倒下。"哎哟！"王艳婷的手被割了个口子，她找个布条一裹，接着干。田瑞清的手磨出了水泡，继而被磨破，疼得钻心，她咬着牙继续干。赵艳花没戴手套，手被荆棘刺出很多血点，她不吭声，埋头苦干。既然穿上这身迷彩，没的说，民兵也是兵！建女民兵连，在村里还是头一遭，更是要脸的！

臭水坑前，刘秋乱二话不说，第一个跳下去，挖起污泥。他身边的党员、男民兵和志愿者们纷纷肩扛手提，向垃圾宣战。

这里，是古雄山所在位置。

明嘉靖《雄乘》记载："大雄山，一名望山。突出群表，屹然独尊。特领燕山，如顾如望。左翼小雄，如呼如携。俯视诸河淀，若牛涔蜗角，带束星罗。峰顶亦广阔，可容数百武，有亭，有林木，宜晚照……"

黄湾村要在这里，建成雄山文化主题公园，恢复历史上雄山晚照、望山云树的壮美景色。

四

从此，每天出义务工，成为女民兵连的日常。

2020 年 2 月，垃圾场清理完毕。

新的难题又来了，拿什么在平地堆起一座山？此时正值雄安新区大规模建设拉开序幕，首批征迁村已完成整体征迁，村庄夷为平地，产生了大量建筑废料。将这些废料经过无公害处理，堆叠起来，雄山主体就有了！这，应该算雄安特色的生态建设了。

山水相依，水是山的灵魂。黄湾村于明朝中期建村。黄湾河蜿蜒流过村子，遂以河名为村名。河边有漾秀寺，名如其景，河流环绕回旋，水乡风光秀丽。黄湾河已隐没于岁月，白洋淀水则渗透进地势低洼处——昔日垃圾场上的臭水坑华丽变身，成长为清秀曼妙涟漪点点的一汪清湖。此湖位于黄湾河故道，岸上即为漾秀寺故址，是为漾秀湖。

眼看环境整洁了，雄山雏形初现，漾秀湖碧波荡漾，全村人的积极性被调动起来，能出义务工的都来了。女民兵更是个个忙碌异常。早上六点，起床后先去干俩钟头，八点再忙各家自己的事情：有带孩子的，有做买卖的，有当月嫂的……下午忙完之后接着干，干到晚上八点，到黄湾社区北广场集合训练。

仅此一项，为公园建设节省资金近百万元。

加入民兵连之前，大家各行各业干什么的都有，就是没有当过兵的，一切从零开始。连长胡晓云先去学军训各项动作要领，再来教大家。年近五十的王艳婷是个热心肠，跟着忙前忙后，招呼人们整理服装、按时集合、休息时补充水分……看她这么操心，大家给了她个雅号"司令"。说笑嬉

生　长

闹中，"司令"长"司令"短，她的本名反而没人叫。

晚上训练，连长点名："王艳婷！"队伍一片安静，王艳婷硬是没反应过来。连长喊："司令！"王艳婷立马应声："到！"大家哄的一声笑开了，欢快的气氛春风一样吹散了辛苦和疲惫，也吹痒了更多妇女的心。

训练间隙，出了一身透汗的女民兵个个神采奕奕。大伙儿没事就在一起谈谈，谈谈你家今天怎么着、他家怎么着了，有什么困难大家都帮着，有什么不开心都解开了。

这么多附加值，当民兵去！民兵连队伍慢慢壮大起来。每个民兵背后都是一个家庭，每个家庭又影响街坊邻居，女民兵们用细心和柔韧为村里编织了一张平安和睦的网。

大家都说，省得老打麻将、玩手机，跳广场舞也不如这个有劲儿！

确实有劲儿，可这劲儿怎么来的？一开始训练，天天站军姿，练三大步：齐步、正步、跑步，每天晚上一个半小时，军姿严整，军纪严明。穿上这身迷彩服，就是军人形象，谁也不能偷懒。训练完毕，大家腿肚子酸痛、转筋，回到家，上台阶都上不去。越是这样，越不服输，练不好的早晨起来自己在家偷偷加练。

很快，黄湾村女民兵连就打出了名号，方圆几十里，无人不知，无人不服。

雄山主体建成，接下来积土、叠石、铺草、种树……女民兵不惜力气，个个都当男劳力使。

草坪运来了，带泥的潮湿草坪，被防护网卷起来，大家齐心协力往山上抬、往湖边运。

树到了，扛上去！100 多级台阶，徒手走上去还累呢，何况搬着草坪，扛着树。当兵的能怕这点事？女民兵们天天累得腰酸背痛，却没人叫苦，没人放弃。

山不高，但很陡。在半山腰上，倾斜着铺草坪、种树，一不小心就会摔跤。这时，女民兵坚持训练的效果出来了。大家笑言，咱是有功夫的，天天站军姿，马步扎得稳啊！

夏天雨大，新栽的树倒了。比碗口还粗的大杨树，树冠茂密，又淋了雨，特别沉。几个女民兵给树干套上绳索，一二三四喊着号子，使劲拽，硬是把绳子拉过来，把树拽正。

干的活儿多了，意外在所难免。

女民兵李克彩扛着棵松树上了山，种在树坑里，将浮土踩实。树坑下是建筑废料，有半块砖竖着，被她一踩，翻过去了。她用力过猛，一下子抻了腿。钻心的疼痛使她跌坐在地。被战友搀扶着下了山，在家没歇两天，她就一瘸一拐又来了。

女民兵汝雪茹，从内蒙嫁到黄湾村的，此时 52 岁，有腰疼病根儿。铺设草坪时，她见草坪边角处翘起，伸长胳膊去够底下那块碍事的石头，冷不防腰部一阵剧痛，当时就动不了了。同伴们赶紧将她送回家养伤。她心里急呀，身为民兵，轻伤不下火线！她找人给自己捏了捏，吃点消炎止痛药，很快又出现在山上。

连长胡晓云看着这些兵，既心疼又骄傲。家里开着物流企业的胡晓云生活殷实，从未想过有一天要干这样的活儿。但转念想想，这活儿还真跟自家的不一样："前人栽树后人乘凉。我就寻思这雄山弄完以后，别人去玩儿，你也高兴是吧？想想这山上都有咱的劳动成果呢。"

自从华丽变身"司令"，从前那个到处"采访新闻"的"记者"王艳婷，如今总是给大家播报好消息："村边的梨湾，要办梨花节了！""谁家有闲置房子？咱这儿旅游火起来，该开民宿了！"

五

2020 年 4 月 11 日，首届"雄安·雄州梨花节"开幕。古淀梨湾，万亩梨花，如云如雪，吸引了众多游客和来自全国各地的雄安建设者。

雄山公园已种植各类风景树种 1000 余棵，望山云树的古景正在一点点重现。山坡上点缀着形状各异的展示牌，书写着历朝历代吟咏雄山的诗词，播种诗韵山水，人文盛景。在公园里忙碌的女民兵晒得黢黑黢黑，身上的迷彩服与春天的树木融为一体，就像一棵棵移动的树。

黄湾村热闹了，饭店、小吃火起来，游乐项目多起来。到了夜间，还有夜市步行街，观夜景、赏夜秀、逛夜市、品美食……再也看不到塑料厂刚关停那会儿的冷清和低迷。王小芬家小吃再度红火起来，她却顾不上了，都交给家人打理。

这么多客人，住哪儿？村里因塑料产业关停而闲置的大量房屋，正好派上用场，改造为特色民宿！

说干就干，女民兵们继续义务工：动员村民拿出闲置房屋，改建、装修、清理卫生、雕琢细节、宣传接待、办理入住、服务客人……她们个个身兼数职，又个个都是"光杆司令"，遇到拦路虎全部要靠自己消灭。

2021年6月份，黄湾民宿聚落建成，开始试营业。

夏日夜晚，花木郁郁葱葱，灯光下黄湾民宿各美其美：

竹坞小院，青砖灰瓦、起脊飞檐，小桥、木亭、水榭、竹丛，取田园诗韵致；流水、睡莲、菖蒲、金鲤，有音乐的美感；种菜、纳凉、饮茶、读书，如桃花源闲适。

石罅甘泉，白墙灰瓦、简约门窗间，徽派建筑的古雅带着梦幻般的时空感悠然而至，会让人想起南方北方，想起今夕何夕的遥远岁月。

瓦桥夜月，矮砖墙、短木栅、红灯笼，门楼、石磨、木楼，农家的质朴沉淀着憨憨的温暖，乡居的悠然晕染了希望的喜悦。

生　长

还有甘棠小院、雄山晚照……黄湾民宿第一期试验打造了十四家。

这是十四首遗落在世间的仙乐啊。

村民们看着眼前的院落，把眼睛揉了又揉，怀疑自己在做梦，这就是自家那个堆满塑料的厂房吗？

客人们赏了梨花，登了雄山，逛了夜市，尝了美食，来到这样的住处，身心都醉了。

民宿所有院落迅速被住满。

半夜，赵冬青安顿好客人，刚想歇会儿，灯火通明的接待中心突然一片漆黑，各个民宿院落纷纷传来惊呼声："怎么回事？""停电了！"

快人快语的赵冬青 2019 年加入民兵连，是当时 20 个"元老"之一。这两年出了多少义务工，她根本数不清；克服了多少困难，更是数不胜数，却从未遇到过这样尴尬的场面：这么多客人刚住下来，大半夜的，停电了！

接待中心外响起脚步声，客人们已经三三两两往这边走："我这儿正开个视频会议。""我洗澡刚洗了一半！""还让不让人住了？"

赵冬青脑子都蒙了，饶是生性洒脱乐观，也紧张得直冒汗。不管怎样，先道歉！她迅速迎出去："对不起大家，照顾不周，请稍等，我们会以最快的速度修好！"

院里有石桌、石凳、摇椅，她给客人们深深鞠了一躬，安顿好，又赶紧跑步前进，安排应急灯，查看事故原因。原来是有个院落使用大功率电器，跳闸了。她想合上电闸，刚扳过去就又弹回来，反复几次都合不上。夏日夜晚，离开空调浑身是汗，更何况她还急，汗水顺着头发滴下来。

黄湾社区物业得到消息，电工何海池立刻往这边赶。距离比较远，在等电工的时候，赵冬青来到院里客人们中间。大家已平静下来，拿个纸板之类趁手的东西边扇风边聊天。看到四十多岁的赵冬青像个做错事的孩子一个劲儿道歉，客人们笑了："没事儿没事儿，正好借这个机会看星星。"赵冬青鼻子一酸，赶紧转过身去仰起头。客人诧异地看着她，她揉揉眼睛，笑着说："刚汗水流到眼里了。"

何海池终于赶到，连夜维修好。天亮后，村委会马上安排检查，换掉所有院落的电线，不留一点隐患。

赵冬青回到家，累得直接倒在床上。弟弟看到了，赶紧给她端了杯水。父母去厨房做她爱吃的饭菜。她眼睛又湿润了。手机上，父亲和弟弟的军装照蒙眬起来，母亲的党徽更亮了。看着看着，她笑了，家里有两位退役军人，一位60多年党龄的老党员，自己是女民兵，还怕什么困难和委屈？以后自己的字典里没有这样的字眼！

六

梨花盛放之后，梨子挂满枝头，万亩梨湾既具观赏之

生　长

美，又有丰收之喜，黄湾村和周边村子联合起来，继续增种梨树。

雄山公园建设和维护常态化，清理卫生、维护草坪、补种树木。

民宿试营业打出了知名度，总是爆满。

2021年，黄湾村通过创新入股联营方式，吸引村民和社会资本入股村集体企业，主要负责民宿聚落、商业步行街、夜景美食、园林维护等项目开发运营，通过利润分成，实现共赢。村民有股份，干劲更足。

乡村建设是雄安建设的一部分。来自全国各地的雄安建设者，带火了文旅经济。现在的黄湾村，年接待游客60多万人次，年均旅游收入约500万元。借助雄山公园的高人气，吸引夜市经济商户178家，日均营业额4000元每户。

此时，黄湾村女民兵连已发展到近百人，兵分几路出义务工，仍然忙不过来。

村里田地尴尬了。上年纪的人都记得，20世纪80年代实行农村联产承包制以后，农民把每寸土地珍爱到骨子里，边边角角都不耽误，种满粮食，终于过上衣食无忧的日子。很快，家家余粮多了。后来，厂子越来越多，人们都去打工挣钱，很多田地撂荒。现在新区治理污染，村里厂子关停，老人们以为大家又要种地，谁知很快村里文旅产业火起来，田地仍无人问津。

他们不知道，土地也是村里绿色经济的一盘大棋呢。

2017 年以来，国家已加大政策支持力度，推动产业园建设。2020 年中央一号文件要求加快建设国家、省、市、县现代农业产业园。雄安新区管委会在调研农村工作时强调，要严格落实国家农业政策，加快农业产业结构提档升级，高质量推进新区农业现代化。

民兵训练间隙，"司令"王艳婷又给大家送来好消息："雄山公园南面要建蔬菜大棚，搞采摘园！"

1979 年出生在黄湾村的刘静，嫁到白洋淀边半水村南辛立庄。家里有条船，靠水吃水。雄安新区设立后，为改善白洋淀生态环境，船收回去，她爱人就在新区建筑工地找了个工作。刘静每年回几次娘家，每次都被黄湾村的变化震惊。村里越来越漂亮，村民生活越来越好！她尤其喜欢看民兵训练。充满力量和神秘色彩的迷彩服、铿锵有力的正步走……都让她挪不开眼睛。回到家，她就跟家人念叨："你看人家每天晚上都训练，咱们每天晚上都打麻将。哪如人家，又锻炼身体又有劲头儿。"

2021 年，刘静入住黄湾小区，随即加入女民兵连。嫁出去的姑娘带着家人回来住了！很快，像刘静这样回来的姑娘越来越多，还有跟黄湾村不沾亲不带故的人家也来了。女民兵风里来雨里去，不仅出义务工，还昼夜巡防，将火灾隐患、违法行为消灭在萌芽状态。这一年，黄湾村民兵连

生 长

被评为雄县十佳巡防队，黄湾村被评为全国民主法治示范村、全国乡村治理示范村。

过日子过的是人气，发展村子也是。对民兵的付出，刘秋乱看在眼里，放在心上。村子有钱了，村委会开始犒劳大家："一人当兵，全家光荣！"年节发福利，黄湾村有什么，外村民兵就有什么，老的、小的都算上，户口本有几口人就给几口人的福利。

为方便训练，刘静来到高端果蔬示范园工作。这里就是王艳婷所说的蔬菜大棚。长得白皙秀气、已多年未下地干活儿的刘静，最初对大棚有点畏难情绪。待真正进入干净整洁的玻璃温室，她被眼前景象惊呆了。瓜果蔬菜全都长在"半空"中，通过导管输送水和营养液，智能化操作，手指一点，全部搞定。刘静将秧苗分拣放置到"栽培架"上，继而给草莓间苗、给黄瓜嫁接、给西红柿疏花……果蔬香气沁人心脾，尤其自己种出来，格外香甜！

每到采摘旺季，客人摩肩接踵。为给大棚多创点儿收益，刘静总是早来晚走。"客人越多越好，有分红呢！"姐妹们兴致勃勃议论着。

七

高端果蔬示范园是田园综合体的一部分。

2022年4月，梨湾那边继续增种梨树，雄山公园西北面共享农场开始打围栏。

此时，"雄县现代农业产业园"已出现在国家现代农业产业园创建名单中。黄湾村因势利导，利用创建雄县国家现代农业产业园契机，以古淀梨湾田园综合体为中心，布局农业科创小镇。

现代农业，正以崭新的姿态在雄安盛放。

一听说共享农场，村里老人们都觉得不踏实。啥？分到自家的地又要交出去？见此，刘秋乱带头交出自家的地，女民兵们迅速跟上，共享农场前期规划100亩很快到位。

夏去秋来，冬尽春开。一年后，共享农场已变得让人认不出来了。

百果采摘园里，沙果树、李子树绽开花苞，满树香雪。共享菜园中，油菜花自绿叶间嘟起小黄嘴巴。微风起处，一团洁白的影子在田埂上缓缓飘动。若不是风中鼓起"嘎嘎嘎"的声浪，真以为天上掉下来一片白云。

王小芬和姚春梅慢悠悠走在后面，将鹅群赶进果树下的草丛。"吃草吧，草里还有虫子，都是美味。"王小芬很得意，"哪里还用什么除草剂、杀虫剂，这群鹅吃得肥肥的，草秃了，虫没了。"

"典型的双赢啊。"浓眉大眼的姚春梅笑起来就像春天的阳光，干净温暖。她蹲下，细细查看一只鹅的腿。这只鹅一瘸一拐，走走停停，该给它看看医生了。这群鹅是六七个月的小鹅，宝贝着呢，以后下了蛋，都是农场收入。

果树下笼子里，几只小白兔、小黑兔边吃草，边看着摇摇摆摆踱过来的鹅，很羡慕它们的自由。兔子可不能放，放开了追都追不上。王小芬拔下几丛嫩草扔进笼子，随后将地头上客人清出的垃圾收起来，运往农场外的垃圾回收站。

绿色蔬菜认领种植区里，从雄县县城过来的客人们正在种菜。"认养农业"的新型休闲模式，在雄安是头一份。

150元一分地，退休的老张认领了三分地，签了两年认领协议。塑料薄膜覆盖的，是黄瓜苗，再种上几垄茄子、柿子椒。秧苗自己带来，水电由农场提供。他打来水，把地浇透，秧苗直起身，怯生生打量着这个"新家"。老张满足地看着自己种的菜，跟旁边地头的人唠嗑："这多好，退休了还能有个营生，能吃个新鲜，放心！"对方是个大嗓门，边扎帐篷边冲这边喊："不止呢！你看我把孙子孙女都带来了，在地里玩，比玩手机游戏强吧？这才是跟大自然亲密接触，还涨知识！"几个四五岁的孩子，正在田间跑来跑去，看什么都新鲜："这儿有麦子！"大人们笑了："那是水稻。看那边的哥哥姐姐们，等你们长大点，就跟他们似的多学习。"

劳动实践体验区里，雄县七间房小学四年级学生们手握锄头，在老师和女民兵指导下，像模像样地锄地。只干几分钟，就满头大汗。"锄禾日当午，汗滴禾下土。"课本上的诗句直到此时才真正学到骨子里。

"喜鹊，喜鹊！"一个女生雀跃地喊起来，身着黑白外衣的喜鹊振翅飞过果园。"嘘！"一个男生悄悄指着草丛说，"那里有只野鸡。"孩子们瞪大眼睛看着，野鸡长得太漂亮了，五彩斑斓，跟凤凰似的。

美术兴趣班的学生们在地头支起画夹。几只蝴蝶飞舞一阵，落在油菜花上，静静看着他们写生。

在农耕文化展示区，学生们一一认识了鬼头车、犁杖、双齿耧、双辕马车、辘轳、压水井……这些镂刻着斑驳岁月的农具如今都用不到了，只有人与土地的联系依然流淌在血液里，这是生命赖以存在的根脉。

体验了大半天，全程引路、讲解、示范的女民兵无所不知，无所不能，收获了学生们崇拜的目光。

从农场出来，再次看到两个"丰"字组成的木质大门，上面几个大字"黄湾巾帼共享农场"，同学们恍然，原来这个农场是由女民兵管理的。目前共有七位：王小芬、汝雪茹、王艳婷、赵艳花、李双京、田瑞清、姚春梅，被大家亲切地称为农场"七仙女"。

成为偶像的"七仙女"不好意思了。从吹膜到种地，李双京摸摸自己晒得黢黑的脸，庆幸先经历了民兵训练和雄山公园出义务工的锻炼，要不还真吃不了这个苦："我们这也是现学现卖，都多少年不种地了，小时候种过几年全忘了。"为此，农场还专门聘请了两位"顾问"：村里老农李景龙、赵爱国。

"七仙女"压力很大：要把地种好，还得能吸引人，还得有挣钱的道儿，老得琢磨。琢磨不出来，能不着急吗？边学边种，有时候种不好，那些娇贵的秧苗不配合，她们还要挨训，得改进。最初，被村干部批评几句，脸皮薄的女民兵委屈得直掉泪。泪水打湿了迷彩服，服装更"迷彩"了。这身衣服时刻提醒着她们：咱是妇女，更是民兵！想想硬骨头六连，她们把眼泪一抹，又走向田间地头。很快，领导再怎么批，她们也能笑着面对。从不会到会，从不熟到专业，批评越来越少，赞赏越来越多。

雄县县委宣传部王福忠曾是黄湾村包村干部，对村子很熟悉很有感情。眼看这里建设得红红火火，他有空就喜欢来转一转，看一看，拍一拍，发到微信上。每当黄湾村又来一拨参观者，他总是将自己所见所闻介绍给客人，尤其喜欢讲女民兵连的故事："成立了民兵连以后，妇女们积极性都上来了，不仅出义务工，家庭邻里关系、个人素质、办事能力……全方面提高。我就感觉咱村妇女那是真能顶半边天，甚至有时能顶多半边天。2022年，黄湾村省级妇女之家被省妇联选树为'百优妇联阵地'呢。"

听着他滔滔不绝的讲述，女民兵晒黑的脸都红了。

正说着，"丰"字的木质大门外来了辆推车，上面满满几大袋鸡粪。附近鸡场，还有家里边养鸡的，都把鸡粪送过来。"七仙女"马上"下凡"，抬着鸡粪袋子放到地头，抄起铁锹撒在地里。

姚春梅把那只腿不好的鹅安顿在草丛边，拍拍身上的草屑，跟认领菜地的客人唠嗑："辛苦，确实辛苦些。但是比咱们从前各干各家的活儿有意思啊，开心。一群人在一块儿加油，这气氛多好。"客人点头："我们也是，认领菜地之后，认识了好多朋友。这农友比酒友、牌友好多啦。"

八

2024 年春天，又一个梨花节到了。

三天的节日，胡晓云在共享农场架起大铁锅。大锅菜、小鱼炖咸菜、大锅粥、馒头、窝头，姐妹们用雄安当地特色农家饭招待客人。所有饭菜，全部免费！

"久在樊笼里，复得返自然。"短暂告别水泥森林、玻璃铁幕、方寸格子间、一方小屏幕，客人们带着古淀梨湾的一身香雪走进农场，又被暮色中的果蔬香和饭菜香陶醉。团团围坐，吃着绿色食品，看着雄山晚照、湖水漾金的美景，听着女民兵训练的铿锵号子，再想想那些仙乐一样的民宿，真舍不得走了。

胡晓云站在锅灶间，正给大家添饭，电话响起来。妹妹打来的："姐，有批货对不上，你快来看看吧！"胡晓云一手拿勺子，一手拿手机，一时竟没反应过来，都忘了自家还

　　　　　　　　　　　　　　生　长

有物流企业呢！前几年她在货站忙，忙完一批货，第一件事儿不是回家休息，而是先往村里赶，把村里事干完再回货站。后来，女民兵越来越多，黄湾村有什么事，都是调动女民兵连。抗疫、防汛、巡逻、村子清理卫生、景点日常维护、接待参观团……别人只在一处忙，她这个连长处处都要操心。实在忙不过来，她就把货站交给妹妹管理，到月底再算算账。要不是有了难以裁决的事，妹妹给她打电话，她都想不起来自家还有个货站呢。

女性，一直是人类发展进程中的另一种"水"。战争年代，男人在前方冲锋，女人在后方保障、缝军衣、做军鞋、照顾老人、抚养孩子。和平时期，女人也可以到前面来做事。她们，可柔可刚，水一样有韧劲，有闯劲，有恒劲。家有女民兵，在黄湾村是值得自豪和骄傲的事情。

民宿经营走上正轨，赵冬青调到黄湾村红色文化展览馆，负责安排接待参观和会议。红色文化一条街正在建设中，街中改造装修的老兵小院陆续交房运营。赵冬青看着这些老兵小院，就像看着一个个时光故事。小院在曲曲折折的时间轴里卡出节点，1921、1949、1978、2012，这些主题节点，犹如一颗颗耀眼的红星，将红色文化光芒洒进老兵小院。

黄湾河故道，水乡民俗文化街也在建设中。彩绘墙体上，绵延伸展着蓝天白云碧水清河、接天莲叶映日荷花，一艘艘渔船是一个个水上人家。这些画面提醒着村民，不要忘了村名由来，不要忘了时光长河中的水故事。那些故事中，有靠水吃水的亲近，有与水患的顽强斗争，都在岁月中长成了黄湾人的血脉筋骨。

民兵"元老们"开疆拓土，逐步成熟的文旅产业吸引着越来越多的年轻人。今年29岁的赵汝佳大学毕业后受聘到雄州镇政府，2023年合同到期后，来到黄湾民宿，担任前台工作。赵汝佳生活在军人之家，父亲和先生都是退役军人，母亲是女民兵，她也于去年加入民兵连。小巧的瓜子脸，漂亮的大眼睛，乌黑的长发涌着微微的波浪，赵汝佳甜美知性的形象气质非常契合民宿小院仙乐般的审美。夜已深，她还在忙碌，处理各种事项。

前台桌上，国旗、党旗摆件散发着红色光芒，旁边头顶荷叶的吉祥物"雄小强"和"安小美"憨憨萌萌，俏皮地笑着，衣褶上水波潋秀，身上沁着梨花的香甜。既严肃又活泼在这里完美统一，就像赵汝佳文静的脸庞上透着刚毅的力量。这力量是她在日复一日的民兵训练中锻造出来的。

民兵也是兵！每个新民兵加入，胡晓云都要强调民兵连行动指南"平时训练过得硬，关键时刻拉得出、上得去、打得赢"，都要把诞生在雄县的"硬骨头六连"的故事再讲一遍。长征中，时任红5师师长贺炳炎右臂6次受伤，必须截肢。没有手术器材和麻醉药，怎么办？直接用木工锯锯断手臂！那是锯齿啊，来回拉着皮肉……据说，后来贺龙用手绢包起他的两块碎骨捧到官兵们面前："看看，这就是共产党员的骨头！""硬骨头"就这样成了六连的代名词，更是连队的根和魂。

女民兵听得心都揪成一团。和平年代，还有什么困难？没有！

军人铁律，坚持训练，听从指挥，敢打硬仗！除了在村里广场训练，女民兵连还要每年数次前往狼牙山拉练。她们和男民兵一起在陡峭的山路上奔跑，四十多分钟就登顶主峰。站在狼牙山五勇士纪念塔下仰望，五壮士的故事和硬骨头六连一样，在岁月中凝成不灭的红色浪涛，激荡着每个女民兵的心胸。

这样的刻苦练兵和优异成绩，让黄湾村女民兵火出了圈，吸引了周边村甚至县城的人加入进来，女民兵连人数达到150人。渐渐地，各级荣誉也纷至沓来，省军区更是为其颁发"先进民兵党组织"称号。省军区司令员感慨地说："像这样保持完整建制的民兵连，像这样一直坚持不懈练兵的民兵连，就是在全省来说，都是首屈一指的。"

村以湾名，水音在耳。黄湾村的水故事生长到今天，长出更新更美的涟漪，在时间里荡漾着。

晚饭后，黄湾社区北广场，女民兵正在训练。

有个两三岁的孩子挣脱开奶奶的手，迈着小步走到方队前，左寻右找，被迷彩服晃晕了眼睛。

旁边一位大爷见状，朗声大笑："找不着妈妈了吧？"

哪个是妈妈？孩子揉揉眼睛，看着这支整齐的方队。她们喊着激荡而又沉稳的号子，脚步铿锵作响，军体拳虎虎生风，迷彩服涌起蓬勃的波浪。灯光下，孩子眼睛亮晶晶的：哦，她们都是妈妈。